Talande Ugglor och Andra Berättelser

Aldivan Torres

Talande Ugglor och Andra Berättelser

Författare: Aldivan Torres

Serie: Andlighet och självhjälp

Aldivan Torres, född i Brasilien, är en väletablerad författare inom flera genrer. Hittills har den publicerat titlar på dussintals språk. Från tidig ålder har han alltid älskat konsten att skriva, efter att ha konsoliderat en professionell karriär från andra halvan av 2013. Med sina skrifter hoppas han kunna bidra till kulturen i Pernambuco och Brasilien och väcka läsglädjen hos dem som ännu inte har vanan.

Om boken

Det är en inbjudan till kunskap, gudomlig visdom som är placerad för dödliga. Vi har religion, reflektion, harmoni, självhjälp, det bästa av mig för läsarna.

Bidra till oberoende litteratur. Bidra så att jag kan försörja mig på min konst. Min kärlek är oändlig och det betyder att den inte har något slut. Min kärlek omfattar Gud, min familj, människorna omkring mig, hela mänskligheten. Kärlek är något som att överskridas i mig och gör mig till en bättre människa för alla människor som känner mig.

Talande Ugglor och Andra Berättelser

Gud är universums överlägsna intelligens

Odla dina dygder och överge dina laster

Hur hårt är livet för en dåre

Vi måste uppleva vår historia som den är

Livet är synonymt med osäkerhet

En framgångsrik modellkarriär

Hennes karriär som entreprenör

Gör din vardag till ett stort leende

Må rättvisan alltid segra

Äktenskap och förlovning är ett allvarligt åtagande

För att få kvinnor behöver du pengar

Var inte ledsen för att du inte har vänner

Varför vill ingen dejta mig?

Vi har alla en liten bit av den Gud som skapade oss

Saker och ting förändras mellan vänner

Håll dig borta från gifta män

Vi är inte centrum för uppmärksamheten i andra människors universum

Att ha ekonomiskt oberoende är särskilt viktigt i dessa dagar

Äktenskapet är mer än bara sexuell njutning

Människor förändras bara när de vill

Jag har uppstått i de svåraste tiderna

Är kärleken bara värd det om den är besvarad?

Sök vishet

Visdom

Hur bra det känns att nå känslomässig mognad

Välsignad är den person som är herre över sig själv

Är det möjligt för ett internetförhållande att fungera?

En examen hjälper dig att hitta ett jobb

Att ha en examen är inte ett intyg om intelligens

Är jag dum för att jag inte går på college?

Att vara snäll mot djur är ett tecken på karaktär

Hur hanterar man en sentimental kris?

Vår förlåtelse har en gräns

Jag glömmer de sorgliga sakerna och kommer ihåg de bra sakerna för att stärka mitt psyke

Ha kärlek i rätt dos

Tro och hopp

Hur man skapar fred

Bli älskad och älska

Kärlek är inte anpassning, det är val

Att ha ett dåligt förflutet är inte synonymt med en framtid

Hur man inte är otrogen mot sin fru

Är det en bra belöning att födas rik?

Hur man lever med en adopterad dotter

Öva på tystnadens konst

Frihet

Våldtäkt av familjemedlemmar

Bairds berättelse

Bairds barndom

Det första musikbandet

En kort tid på bio

Avkomma

Ansträngningen för att lyckas i förhållandet måste komma från er båda

Kärlek

Män och kvinnor måste ha lika värde i ett förhållande

Vi är ansvariga för vårt öde

Hector Tavares liv

Studerar vid Juridiska fakulteten i Recife

Jobba som journalist

Flytta till Rio de Janeiro

Hur många människor föredrar bröllop utan kvalitet framför att vara singlar

Tror du att din partner behagar dig för att han eller hon älskar dig?

Så här trivs du i företagsmiljöer

Att hitta en själsfrände är en fråga om tur och möjligheter

Vad är meningen med livet?

Varför kan det vara ett utmärkt val att bo ensam?

Varför skulle inte fysisk skönhet komma först?

Varför gör det ont att vara ful?

Ha medlidande med de människor som lider

Var lycklig när du kan och när du kan

Det finns människor som är blyga

Vi är varelser utrustade med fri vilja

Denna koppling vi känner till det mystiska är obestridlig

Finns änglar och demoner?

Lagar måste skydda de underprivilegierade

Jag har gett upp tanken på att gifta mig

Jag är nära att cementera en relation. Vad ska jag göra?

Du behöver inte kontrollera dina döttrar

Misstaget att sparka ut hbtq-personer ur huset

Ansvaret för våra val leder oss in på inte så trevliga vägar

Var kan jag hitta män för seriösa relationer?

Är det sant att män är mer feminina nuförtiden?

Svek är en handling av feghet

Älska dig själv som aldrig förr

Ta omsorgsfull hand om dina barn

Skulle du gifta dig med en kvinna som har barn?

Ingen älskar oss som Gud

Lycka är stunder

Min framtid

Dopet av den helige Prisca

Prisca hade vandrat en lång väg, innan hon fann Sankte Per. I hans sinne hade beslutet att bli kristen fattats efter att ha reflekterat över sina idéer. Nu stod hon bredvid honom, inne i basilikan i Rom, på väg att ta emot dopet.

Petrus

Jag tror att Jesus är Kristus, den levande Gudens Son, och jag tar emot honom som min Herre och Frälsare.

Prisca

Jag tror att Jesus är Kristus, den levande Gudens Son, och jag tar emot honom som min Herre och Frälsare.

Petrus

Från och med nu föds du till ett nytt liv i Kristus. Överge den gamla människan och bli född på nytt, för endast på detta sätt kommer du in i himmelriket.

Prisca

Jag tror att dopet är startskottet för en ny historia. Som Kristi tjänare ska jag sprida hans ord i världen och samla fler får.

Petrus

Det gläder mig. Herren välsignar dig.

Ceremonin var över och alla gick för att uppfylla sina plikter. Det var början på den religiösa banan för den här flickan som föreslog att hon skulle ge sig själv till Kristus och leva efter evangeliet. Lyckönskningar till er båda.

Kristi kyrka spreds i Rom, men detta behagade inte kejsare Claudius. Han sände soldater för att arrestera Kristi apostlar som gömde sig i staden. När han kom fram till Prisca hus knackade de på dörren tills de slog ner den. Därefter går de in i rummet, där två apostlar befann sig.

Romersk soldat

Var är S:t Paulus? Guvernör Claudio är på jakt efter honom.

Prisca

Han är inte längre i stan. Det var bara Örnen och jag som gjorde evangelisationsarbetet.

Örnen

Det stämmer. Vi förblir fasta och starka i försvaret av Kristus, för vi vet att det är en rättfärdig sak.

Romersk soldat

Rent nonsens. Sann gud är Baphomet. Ni förolämpar den romerska hierarkin. På kejsarens order fängslas de.

Prisca

Gör vad du vill hos oss. Men låt oss inte förneka Kristus. Vi är redo att dö för vår stora kärlek.

Örnen

Lämna de kristna i fred. De syndar mot Gud genom att förfölja oss på detta sätt. Historien kommer att döma dem till vår fördel.

Romersk soldat

Dårar. Nu är det upp till dig att gå till rättegång. Du är i händerna på den romerske kejsaren. Kom igen, låt oss gå till polisstationen.

Omkring fyra soldater omringade och arresterade Kristi apostlar. De lämnar huset, sätter sig på vagnen och beger sig till polisstationen och tingshuset. Nu skulle det vara kejsarens fruktansvärda dom över dessa kära kristna.

Rättegången

Rättegången inleddes. De kära kristna skulle möta kejsarens vrede som förföljde hela religionen. Det var ett gripande och fruktansvärt ögonblick.

Claudio

Ni är Kristi tjänare, han som påstår sig vara Guds son. Inser du inte att det är galet? Var såg vi att Gud hade en son? Den Store Guden är Baphomet, skuggornas herre.

Prisca

Den dagen skall komma, då till och med den romerske kejsaren skall ge Gud ära. Kristendomen får lida fram till dess. Men ve dem som dömer, för de kommer att dömas på samma sätt.

Örnen

Vi är i dina händer eftersom Gud har tillåtit det. Jag ser detta som ett tecken på martyrskap. Precis som Jesus led, är vi redo att gå vår väg.

Claudio

Talet är bra, du verkar väldigt uppgiven, men verkligheten är hård. Sanningen är att ni är mina fiender för att ni bekänner saker som skiljer sig från vad jag tror. Soldater, kasta dem båda till lejonen.

Soldaterna lydde deras order. De kastade fångarna in i en bur med hungriga lejon. Men lejonen gjorde ingenting mot dem. Tvärtom var de glada och lekte med dem. Därefter torterades de och halshöggs. Santa Prisca är ett av de viktigaste helgonen i den katolska kyrkan.

Lösningen på våra problem ligger i vår emotionella behandling

Vi hemsöks av fysiska och känslomässiga åkommor. Men visst, emotionella sjukdomar är vad som dominerar människan och gör henne sjuk. Så om vi har ett bra, rent och rent sinne har vi femtio procents chans att vara friska.

Vi är konsekvensen av våra handlingar. Om vi har ondska och skuggor inom oss så råder detta i våra liv. Vi kan inte ta emot ljuset eftersom vi bara sprider hat, ilska och oenighet. Så låt oss försöka rätta till våra handlingar. Att bli pånyttfödd i Kristus är en förutsättning för att finna det rena ljusets väg.

Reflektera över misstag och framgångar. Reflektera över din personliga mognad. Reflektera över vad som är bra för dig och andra. Försök att vara det bästa för dig själv, men glöm inte att vara snäll mot andra. Förbättra de goda dygderna och rätta till deras brister. Se till att varje ögonblick räknas på marken.

Ha känslomässig kontroll och gå vidare. Dina val kommer att föra in välstånd, fred och harmoni i ditt liv. Vi kan göra vad vi vill, men vi måste väga konsekvenserna. Gör vad som är i enlighet med ditt samvete. Genom att göra det kommer stora välsignelser in i ditt liv.

Fly från rutinen

Gör saker annorlunda än du brukar. Ta en utflykt, åk till en strand, åk till ett vattenfall, besök turistattraktioner, åk och hälsa på släktingar, gå på socialt arbete, gå på samtidskonst. Gör vad som helst som får dig att må bra, som distraherar dig.

Att fly från rutinen ger oss omedelbar lindring från våra problem och skyldigheter. Detta gör att vi kan tänka klart på så många frågor som berör oss dagligen. Så det är extremt hälsosamt att göra något som distraherar oss på något sätt.

När vi flyr från rutinen kommer vi att se en helt ny, mångsidig och kärleksfull värld med dina barn. En värld som kommer att krama dig väldigt hårt när du vill gråta och ge upp. Så tänk noga på livet, din inlärningsväg, de förbättringar och fördelar du kan ge dig själv. Förneka inte något för dig själv, för livet är flyktigt.

Genom att prioritera och värdera dig själv kommer du gradvis att bygga upp din personliga lycka som ingen kan ta ifrån dig. Sök visdom, försök att få det rätt, försök att se den andres sida, försök att reflektera över livet, sök inspiration i naturen. Allt bekräftar det goda för dem som söker att lära känna Gud på djupet i sina liv.

Gud

Gud är allt som har sitt ursprung i och upprätthåller universum. Gud handlar i mänsklighetens historia genom de människor som tjänar honom. Så, direkt, Gud har samordnat universum. Följande fras bör också betonas: inte ett löv faller utan Guds samtycke. Så trots människans fria vilja ser vi att livet blir oförutsägbart enligt hennes vilja.

Gud skapade det himmelska hovet, det jordiska hovet, planeterna, galaxerna, utomjordingarna och allt som finns i universum. Gud är den högsta intelligensen som skapade och samordnar saker och ting i universum. Gud är alltså överlägsen alla.

Vad har jag för relation till Gud? Det är mer än ett förhållande mellan skapad och skapare, det är ett förhållande mellan far och son. Gud var den som aldrig övergav mig i någon tid av förtvivlan och nöd. Många har övergivit mig, men Gud har visat någon som inte har övergivit mig. Många har glömt mig, men Gud har tröstat mig med sin omedelbara hjälp. Så jag är så tacksam för alla Guds verk i mitt liv.

Vad har jag för relation till min familj? Min relation är bra, och det är jag tacksam för. Våra familjer är vår utbildningsmässiga, andliga och moraliska grund för att vi ska kunna fortsätta vårt arbete på jorden. Vår kärnfamilj är den som hjälper oss hela tiden. Utomstående, å andra sidan, kommer bara till oss när de behöver något. Allt är ett spel om intressen i något. Så blodsbandet för mig var det som fungerade.

En gång i tiden var jag väldigt naiv som trodde på den sanna kärleken. Men när jag ser på det kallt fick jag bara kärleksfulla och professionella avslag. Så jag uteslöt möjligheten till sann kärlek i mitt liv eftersom jag inte lämnar huset. Med min familjesituation som den är letar jag inte ens efter en romans för mig själv eftersom jag vet att det inte skulle vara bra för mitt liv. Så min inställning att förbli singel beror delvis på det.

Gud fyller ensamhetens tomhet i mig. Det är en underbar kraft som får mig att tro på min personliga betydelse för världen. Och med alla de nådegåvor och ynnestbevis jag har fått; Jag ser mig själv som en privilegierad person i min relation med det Högsta. Hur mycket jag än har gått igenom svåra tider i mitt liv har jag aldrig förlorat min tro. Som det står i Bibeln, tro flyttar berg. Med tro kan vi uppnå det omöjliga i våra mänskliga ögon. För Gud finns det inget som är omöjligt. Han väcker till och med de döda till liv, han gick över havet till fots, han botade krymplingar och blinda. Så alla underverk som är skrivna i bibeln visar oss kraften hos den som är överlägsen oss, och vi vet att den är en säker källa till personligt skydd mot livets stormar. Så Gud är nödvändig i mitt liv och i livet för alla dem som tror.

Kvinnor är verkligen extraordinära

Kvinnor är de som är mest hängivna i familjen eftersom de tar hand om sina barn, sina män och glömmer bort sig själva. Det kommer en ålder för kvinnan (nära femtio) när barnen är vuxna, mannen inte längre fungerar bra sexuellt och hon vill uppleva friheten att ta hand om sig själv och leva livet.

Det är ingen synd för en kvinna att tänka lite på sig själv efter så mycket tid som ägnats åt ett livsprojekt. Detta frihetsprojekt är en andningspaus i hennes liv. Med din frihet förvandlas ditt liv och tar en vändning på trehundrasextio grader. Hon är yngre, mer optimistisk, mer rationell och vet exakt vad hon vill ha ut av livet. Med denna mogna och erfarna världsbild har kvinnor en stor möjlighet att vara lyckliga, uppfyllda och uppnå stor kärlek och professionella flygningar. Hon är i praktiken redo att leva en anmärkningsvärd historia.

Jag beundrar kvinnornas mod att vara grunden för hushållet, att arbeta utanför hemmet och ändå ta hand om barnen. Det är ett stort ansvar för en enda person. Så vi måste förstå deras svagheter, deras längtan efter frihet vid fyrtio, femtio eller sextio. Vi måste stödja henne i hennes livsprojekt, för från stora drömmar kommer uppfyllelse.

Vi måste kämpa för kvinnors rättigheter. Rätten till politisk representation, rätten att ha chefspositioner, rätten till samma lön i samma position som en man, rätten till liv och rätten att säga nej i kärlekskonflikter. Det är inte för att det är det svagare könet som det måste vara undergivet mannen. Män och kvinnor ska ha lika rättigheter och skyldigheter. Män och kvinnor bör respektera och älska varandra med samma intensitet. Hur illa är det inte att du lurar en person i åratal och ändå vill ha rätt. Kom ihåg ditt arbete, växten och skörden. Lagen om återvändande misslyckas inte.

Studerar vid Caraka skolan

Caraka skolan var ett viktigt katolskt utbildningscentrum i Minas Gerais. Artur Bernardes hade erfarenhet av att studera där. Han hade en rumskamrat som han pratade med under denna period på internatskolan.

Borges

Vad finns kvar av din erfarenhet här?

Artur Bernardes

Det var en berikande, utmanande men väldigt häftig period. Jag fördjupade mig i kristen utbildning, gott uppförande och samhällsnormer. Jag såg mig själv som den man jag var ämnad att vara, och jag vet att jag kommer att gå min egen väg.

Borges

Vad vill du göra från och med nu?

Artur Bernardes

Jag vill studera juridik. Jag vill lära mig mer om de grunder som det brasilianska samhället lever på och utöva mina rättigheter. På så sätt kommer jag att kunna hjälpa de mest behövande. Brasilien ber om förändring.

Borges

Vi är verkligen stolta över att veta att en av våra studenter vill förändra landet. Jag planerar att studera medicin. Jag vill bota de sjuka och utöva mitt yrke med kärlek. Medicinen räddar de liv som löper störst risk att gå förlorade.

Artur Bernardes

Hennes yrke är också otroligt vackert. Alla yrken är värdiga eftersom de på något sätt bidrar till ekonomins upphöjelse och tillväxt. Vi behöver en union av brasilianare för att få det här landet att fungera. Att studera är det första steget till medvetenhet. Låt oss sedan gå vidare till actiondelen. Det är så det går vidare.

Borges

Lycka till oss alla och må Gud välsigna våra projekt vackert.

De kramar om varandra och firar studenten. Det var det första steget att gå på college för att utöka sina kunskaper. Må Herren välsigna dig i dina drömmar.

Vid Largo de São Francisco juridikskola

Han tillbringade fem år med att studera juridik vid den berömda juristskolan i Largo de São Francisco. Artur Bernardes tog examen som en av de bästa studenterna vid institutionen. Låt oss se hur hans sista samtal med läraren gick.

Lärare

Nu är du utexaminerad. Du äger kunskapen. Vad tänker ni göra med den?

Artur Bernardes

Tillämpa mina kunskaper i det praktiska livet. Jag vill hjälpa till att bygga ett nytt Brasilien, med mer jämlikhet, utbildning, lag och social rättvisa. Jag hade den här medvetenheten under juristutbildningen. College öppnade mitt sinne för att ifrågasätta sociala strukturer, undersöka gamla misstag och föreslå lösningar. Jag vill se ett land som helt återhämtat sig från tidigare misstag och se framåt med en vision om framtiden. Jag vill ha ett bra land för alla.

Lärare

Hur tänker ni förbättra landet?

Artur Bernardes

Jag kommer att satsa på en karriär inom politiken och visa hur man driver en regering. Min väg är lång och utmanande, men den är trevlig. Jag hoppas på stöd från alla brasilianare på denna mödosamma väg.

Lärare

Ni har allas vårt stöd och kanske det brasilianska folkets stöd. Du är en drömmare och visionär, men jag ser en bra framtid för dig. Utan tvekan är du beredd att gå denna väg. Lycka till.

Artur Bernardes

Tack, min käre lärare.

Med sin examen från juristutbildningen hade han tagit det första steget i sökandet efter sitt stora öde. Den här lilla brasilianaren kunde fortfarande glänsa mycket.

Artur Bernardes politiska karriär

Artur Bernardes var en stor brasiliansk politiker som förvandlade landet. Han kommer ursprungligen från Minas Gerais och började sin politiska karriär i början av förra seklet.

Han utmärkte sig först i delstaten Minas Gerais, där han var medlem av det republikanska partiet. Han valdes till president i Minas Gerais från 1918 till 1922. Han gjorde en anmärkningsvärd regering, som gav honom nationell projektion.

Efter denna period valdes han till Brasiliens president. Han var tvungen att hantera stora revolter i Brasilien, såsom Copacabana-upproret som var en militär rörelse mot regeringen. Till detta kom en ekonomisk och politisk kris som gjorde hans regering svår. Första världskriget var över, men de interna konflikterna fortsatte, som i fallet med São Paulo-revolten 1924.

Han vidtog repressiva åtgärder mot konflikterna, vilket skapade missnöje bland befolkningen och militära grupper. Han kunde helt enkelt inte föra landet framåt när han stod inför så många problem. Det är därför som hans regering inte bedömdes som positiv. Han avgick som president 1926 men fortsatte att bidra till brasiliansk politik. Han satte sin prägel på vår politiska och sociala historia och framstod som en av de viktigaste historiska personerna i Brasilien.

Hur viktigt det är att ta hand om sitt eget liv

En person som tar hand om sig själv och andra är värd att kallas förmyndare. Vi måste veta hur vi ska odla goda känslor som respekt, kärlek, tolerans, lojalitet, trohet, barmhärtighet, generositet, förståelse och frid. Vi måste undvika eller korrigera misstag som lust, avundsjuka, girighet och svek.

När jag tar hand om mig själv på ett omsorgsfullt sätt visar jag min kärlek till mig själv och andra. När jag omsorgsfullt tar hand om andra visar jag barmhärtighet och ädelhet i hjärtat. Så, det ena kompletterar det andra, i den kraftfulla energi som är kärlek.

Min kärlek är oändlig

Min kärlek är oändlig och det betyder att den inte har något slut. Min kärlek omfattar Gud, min familj, människorna omkring mig, hela mänskligheten. Kärlek är något som överskrida i mig och gör mig till en bättre människa för alla människor som känner mig.

Guds kärlek är något som lugnar mig. Guds trygghet och beskydd i mitt dagliga liv betecknar det arbete som utförs av en far som älskar sitt barn. Gud har stöttat mig genom alla goda och svåra stunder i mitt liv.

Kärleken till min familj gör mig lycklig. Mina föräldrar och mina syskon som alltid har varit med mig är ett fantastiskt stöd. Sedan jag föddes har de följt med min dagliga resa på jorden. Jag är bara tacksam mot dem.

Kärleken från mina vänner, mina älskare, från bekanta, från människor som stöder litteraturen, från människorna i mitt officiella arbete, får mig att tro på en bättre mänsklighet om vi alla arbetar för den. Vi behöver bara vilja vara goda och förändra världen med våra goda attityder. Kort sagt, min kärlek omfattar hela mänskligheten.

Hemligheten bakom ett lyckat äktenskap är att veta hur man lyssnar

Äktenskapet som en förening mellan två personer genom ömsesidig överenskommelse bör diskuteras. Vi måste veta hur vi ska lyssna på varandra för att kunna befästa relationer. Vill inte alltid ha rätt. Vill inte bossa över andra. Vi måste veta hur vi ska prata, dela mål, veta hur vi ska lyssna och förlåta.

Att ha ett varaktigt äktenskap är en välbevarad hemlighet för få människor. Det är din lycka. Den måste bevaras som en stor skatt. Lösningen är att sluta prata på sociala medier om dig själv och din familj.

Se om din partner stöder en hälsosam miljö för dig. Världen är full av människor med omaka äktenskap. Nöj dig inte med lite i ditt liv. Värdera dig själv och hitta rätt person. Och rätt person måste respektera dig, ge dig tillgivenhet, vara generös, kärleksfull och engagerad. Sätt alltid dig själv först, älska dig själv och tycka om andra.

Dygdens sanna väg

Finns det män som agerar och tänker på vad som skulle vara den bästa vägen att gå i livet? Jag säger er utan tvekan att den bästa vägen är den goda vägen. Och hur blir man en godhetens apostel? Följ följande bud:

Gamla och nya förbundets bud

Här är HERRENS bud i hela sitt djup:

1) Älska Gud över allting, dig själv och andra.

2) Eftersom Jahve inte har några jordiska eller himmelska avgudar, är han den ende som är värd att tillbe.

3) Uttala inte Guds heliga namn förgäves eller fresta det; Plåga inte heller dem som redan har åkallat dem.

4) Avsätt minst en dag i veckan för vila, helst på lördagen.

5) Hedra far, mor och familjemedlemmar.

6) Döda inte, skada inte andra fysiskt eller verbalt.

7) Förvanska inte, praktisera inte pedofili, sex med djur, incest och andra sexuella perversioner.

8) Stjäl inte, fuska inte i spel eller i livet.

9) Bär inte falskt vittnesbörd, förtal, ärekränkning, ljug inte.

10) Ha inte begär till eller avundas inte din nästas ägodelar. Arbeta för att uppnå dina egna mål.

11) Var enkel och ödmjuk.

12) Utöva ärlighet, värdighet och lojalitet.

13) Var alltid ansvarsfull, effektiv och flitig i familje-, social- och arbetsrelationer.

14) Undvik våldsamma sporter och spelberoende.

15) Konsumera inte någon typ av läkemedel.

16) Utnyttja inte din position för att ventilera din frustration på den andra. Respektera den underordnade och överordnade i deras relationer.

17) Ha inga fördomar mot någon, acceptera det som är annorlunda och var mer tolerant.

18) Döm inte och du kommer inte att bli dömd.

19) Var inte kinkig och ge mer värde till en vänskap, för om du beter dig så kommer folk att flytta bort från dig.

20) Önska inte din nästa något ont och ta inte lagen i egna händer. Det finns de rätta organen för detta.

21) Sök inte djävulen för att rådfråga framtiden eller för att motarbeta andra. Kom ihåg att det finns ett pris för allt.

22) Vet hur man förlåter, för de som inte förlåter andra förtjänar inte Guds förlåtelse.

23) Utöva kärlek, för den försonar synder.

24) Hjälp eller trösta de sjuka och desperata.

25) Be dagligen för dig själv, din familj och andra.

26) Förbli med tro och hopp i Jahve oavsett situation.

27) Dela upp din tid mellan arbete, fritid och familj proportionellt.

28) Arbeta för att förtjäna framgång och lycka.

29) Vill inte vara en Gud genom att överskrida dina gränser.

30) Utöva alltid rättvisa och barmhärtighet.

Gud är oändlig i sin fullkomlighet. Men Gud är inte den oändlige. Gud är bortom oändligheten och våra tomma sinnen. Gud är den främsta orsaken till saker och ting. Så vi bevisar Guds existens genom det blotta faktum att universum existerar. Hur skulle universum annars ha kommit till?

Vi försöker förstå universums ursprung genom att undersöka en del av det vi redan vet. Och allt detta leder oss till en primär orsak, eller en stor explosion som påstås. Men det kommer alltid att finnas bakom dessa hemligheter, och det är inte upp till människan att förstå eller upptäcka. Det är därför Gud är ett stort mysterium.

Människan älskar mysterier men är oförmögen att reda ut dem. Det vi vet om universum är inte ens en tusendel av det totala antalet saker som existerar på den här planeten och bortom. Det kan vi inte veta med de åtgärder vi har i dag. Vi börjar med universums storlek och våra maskiners hastighet. Det är helt enkelt omöjligt att känna till planeter utanför vårt solsystem och besöka dem.

Vi har envisheten och manin för storhet, men vi är små och arroganta. Vi har inte ens kontroll över vårt eget liv. Vi är bara tillfälliga verktyg i Guds händer, och vi vet inte ens när vår hälsa kommer att försämras. Det är därför jag säger njut av livet medan du kan. Vi är ögonblick och samtidigt ingenting.

Vi lever i globaliseringens och kapitalismens tidevarv. Vi lever i en tid av konkurrens, kärlek till det materiella, själviskhet, inre strider, depression, förföljelse på jobbet, känslomässiga problem, kort sagt, det är en stor röra utan lösning. Det är därför jag säger att tider inte är bra tider att ha en kärleksfull relation med en annan person.

Vi lever i fasen av att vara ensamma. Vi lever i en fas där vi värderar självkärlek, ser mer på oss själva och bryr oss mindre om andra. Vi lever i mänsklighetens nya teknologiska era med dess utmaningar och lösningar för det moderna livet.

Vad jag önskar att forna tider skulle gå tillbaka på vissa ställen. Vi hade mer respekt för våra föräldrar och äldre, vi hade mindre ekonomiska intressen och mer kärlek inblandade, vi hade färre motgångar och färre existentiella problem. Vi var lyckliga och vi visste inte om det. Men eftersom allt måste utvecklas måste vi förbättra nuet.

Vi måste tro på kärleken men vara mer försiktiga med bedrägerier. Vi måste göra oss av med våldsamma relationer, men ta en närmare titt på nästa friare. Vi måste tro på oss själva, studera och vara öppna för nya möjligheter. Vi måste veta hur vi ska insistera och börja om så många gånger som krävs för att nå framgång. Vi måste vara som fågel Fenix som föds på nytt. För att uppnå evolution måste vi vara en ny människa. Men hur kan detta vara möjligt? Med en ny inställning till livets utmaningar.

Mandel var son till Soraia. Soraia var en övertygad protestant, så hon började prata med sin son.

Soraia

Min son, jag vill undervisa dig om Jesus Kristus. Jesus Kristus är den levande Gudens son, inkarnerad på jorden för att undervisa om de gudomliga föreskrifterna. Under trettio år på jorden lärde Jesus människan den bästa vägen.

Mandel

Och vad lärde Jesus, mamma?

Soraia

Älska varandra så som jag har älskat er. Respekt, barmhärtighet, förståelse, glädje, frid. Jesus var det största exemplet på dygd vi någonsin haft. Vill du inte följa honom?

Mandel

Ja, det gör jag, mamma. Vad ska jag göra?

Soraia

Gå ut för att möta de förlorade fåren och lär dem vägen till det goda. Lär män att älska igen. Lär människor hur de kan utvecklas och komma fram till Guds rike. Genom att göra det kommer du att ha förtjänat din plats i paradiset.

Mandel

Jag är oerhört intresserad, mamma. Jag kommer att påbörja detta arbete omedelbart.

Pojken gick för att packa sina väskor för att gå ut och undervisa om Kristi tjänst under högtiderna. Det skulle vara en lekfull aktivitet för honom att växa som person.

Mandel gick in i ett hus och började undervisa om kristendomen.

Mandel

Jesus är allt som är gott i världen. När han kom till jorden, undervisade och dog på korset för oss alla, visade han sin gudomlighet. Jesus visade oss den bästa vägen, en väg av fred, kärlek och medmänsklighet. Den mörka tiden i hans liv har kommit till sitt slut.

Eleanor

Sanning. Jag känner Guds energi verka i mitt liv. Det känns som om Gud använde dig för att lugna ner mig och ge mig frid i hjärtat. Jag kommer från en hel del personlig turbulens. Jag förlorade min man och son i en olycka, blev inblandad i skulder, spel och alkohol. Mitt liv har blivit ett rent mörker. Men med dina tröstande ord kan jag tro på Gud.

Mandel

De svåra tiderna var prövningar i ditt liv, syster. Allt detta kommer att passera, och goda tider av glädje och välstånd kommer att komma. Tro på det och gå vidare. Livet kan fortfarande vara otroligt vackert för oss alla. Ha bara en optimistisk världsbild. Vår tro på Gud vägleder oss i livet och får oss att övervinna hinder.

Eleanor

Förhoppningsvis, bror. Jag måste tro på en ny berättelse. Jag vill att mitt mörka förflutna ska ligga bakom mig och att ljuset ska komma först från och med nu. Jag måste le igen och hoppas på en bättre värld. Tack för de vänliga orden.

De två fortsätter att tala om Gud och livet. De tillbringar eftermiddagen tillsammans och när de är klara går de glada därifrån. Det var en underbar dag att reflektera över Gud. Från och med då skulle de vara redo att leva i fullständig harmoni med det gudomliga.

Tidig musikalisk karriär

Mellan skola, religiöst arbete och läxor spelade och sjöng Mandel. Detta väckte faderns intresse.

Herbert

Min son Mandel, jag har observerat att du är en stor kompositör, instrumentalist och sångare. Vad sägs om att starta din karriär och hjälpa din familj?

Mandel

Jag kommer att älska att göra det, pappa. Jag vet hur man inser värdet av familjen från tidig ålder. Vi måste vara stolta över vårt ursprung. Om jag reser mig, stiger ni tillsammans på samhällets skala.

Herbert

Jag kommer att vara din chef, min son. Ingen kommer att utnyttja dig. Vi ska tjäna pengar tillsammans, hälften åt varandra.

Mandel

Allt det där, pappa? Förstå. OKEJ. Jag är inte en materialistisk person. Jag vill se dig och mamma lyckliga.

Herbert

Kul att du uppmärksammar våra ansträngningar. Tack, min son. Låt oss sätta i gång vårt arbete.

Mandels meteoriska karriär började. Genom att blanda rock, romantik, musik för svarta och vita vann han musiklistorna. Han blev en popstjärna som var känd över hela världen och som, även om han var inblandad i kontroverser, var ett världsomspännande fenomen.

Sluta kritisera den andre, titta på dig själv

Kritisera inte någon. Titta i stället på dina egna brister och försök rätta till dem. Andras handlingar, andras tankar, andras attityder, bör inte vara din angelägenhet i någon grad. Även om det var en släkting är det inte ditt jobb att bära den andres vikt.

När vi oroar oss för oss själva blir saker och ting lättare och latare. Tro på din intuition och ta lätt på livet. Lev livet med kärlek, glädje och tillfredsställelse. Lev livet utan att bry dig negativt om andra. Om du ska bry dig, låt det vara för något konstruktivt, som tar dig till ett nytt stadium av intellektualitet. Håll i dig, tro på Gud och gå framåt.

Vi måste vara ett föredöme för vår tro

Det är ingen idé att säga vänliga ord och inte öva. Ett anmärkningsvärt exempel övertygar mer än bara ord. Med ditt exempel kan du tämja folkmassor. Var därför ett föredöme i och utanför ditt sociala liv.

Var ett föredöme för din familj och ditt samhälle, med handlingar som återspeglar våra tankar. När vi agerar till förmån för den svarte, den homosexuelle, kvinnan, tiggaren, den smutsige, gatubarnet, den föräldralöse, änkan, gör vi vårt samhälle till en bättre plats att leva på. Jesus lär oss att kärleken till sin nästa förvandlar och förändrar alla samhällsrelationer.

Den instinktiva känslan av att Gud finns

Gud finns i vårt medvetande. Gud finns från det ögonblick vi föds. För allt är det stora livets mirakel. Varje liten sak, det är ett stort mirakel att leva. Som barn vet vi ingenting. Men när vi växer tar vi till oss kunskap.

Det finns många som är läkare i skolan och andra som är livets läkare. Alla är viktiga för den universella ordningen. Även analfabeter är viktiga, de har ofta ett stort och generöst hjärta. Hur bra skulle det inte vara om vi bedömdes efter karaktär och inte efter ekonomisk makt. Hur trevligt skulle det inte vara om vi blev bedömda efter vår talang och inte efter vår hudfärg eller sexuella läggning.

Världen behöver en förändring. Du måste tro mer på din intuition att Gud finns och är god mot alla. Du måste tro på dig själv, på din generositet mot andra. Du måste ha en ny syn på världen, med stora möjligheter till förbättring. Må vi få en värld med färre vise män och mer ödmjuka människor.

Guds mysterium som går bortom intuitionen

Gud är bortom det vi har fått som undervisning, han är ett mysterium. Hur mycket vi än vill avslöja dess hemligheter kan vi inte göra det. Då återstår det för människan att begrunda skaparens stora gudomliga verk som återspeglas på stränderna, i floderna, i bergen, i lagunerna, i himlen, i stjärnorna, i planeterna. Guds intelligens går inte att ta miste på.

Så låt oss tro på Gud, inte bara genom det vi har fått lära oss, utan också genom vår gudomliga intuition. Gud finns verkligen och är redo att stödja oss i alla våra beslut. Gud finns verkligen och älskar oss som ett älskat barn. Förlora aldrig den nåden.

Vad skulle du vilja radera från det förflutna?

Absolut ingenting. Allt jag har levt och genomlidit har hjälpt mig att vara den jag är idag. Vi lär oss av varje levd erfarenhet och hur smärtsamt det än kan vara så är det nödvändigt. Så jag är tacksam för allt som livet har gett mig.

Jag vill ha nya bra upplevelser som kommer att lägga till mitt liv. Jag vill gå ut i världen med visshet om utmaningar och seger. Men ingenting är så enkelt. Vi måste uppleva var och en av de känslor som översvämmar oss väl.

Vi måste sätta oss själva på rätt sida i livet för att göra misstag. Att göra varje attityd vi har på den här planeten värd besväret. Så låt oss gå framåt med Gud i våra hjärtan för att lysa upp våra liv.

Gud är universums överlägsna intelligens

Vi kan förstå Guds väsen genom hans egna gärningar. Hur vacker är inte naturen och allt vad den innehåller. Ingen människa kommer någonsin att kunna skapa något liknande. Vi beundrar också de externa verken. Universum i sig är spektakulärt.

Att förneka Guds existens är det. Vi kan bevisa Guds existens genom lagen om orsak och verkan, allt som har skapats har ett unikt ursprung. En suverän intelligens som älskar och välsignar alla. Därför är Gud sensationell.

Det var när jag vandrade på denna jord i fyrtio år som jag förstod livets värdefullhet, mitt väsen, min äkthet. Jag vet att mitt uppdrag är att bidra till litteraturen, att stödja min familj, att sprida kärlek och tacksamhet. Jag trodde aldrig att jag skulle bli så lycklig. Jag saknar ingenting alls.

Odla dina dygder och överge dina laster

Hur vacker är inte en man med dygder och full av glädje och harmoni. Men den som är full av defekter är ett hinder för alla. Odla dina styrkor och korrigera svagheter. Detta är en del av lagen om andlig utveckling.

När vi lär oss att dyrka våra dygder och tillämpa urskillning på saker och ting, rör sig allt mot en tillfredsställande lösning av idéer. Allt detta är resultatet av ett stort kontinuerligt lärande genom hela livet. Det är värt det för varje syfte i livet.

Det goda i livet är alltid att följa den goda sidan, med lärdomar från vänster. Det som är bra i livet är att vara medveten om sina brister, men att vara öppen för nya situationer. Det är livets väg som visar oss den väg som måste vandras, och vi följer den som om den dominerades av en främmande kraft. Till slut löser sig allt.

Hur hårt är livet för en dåre

Dåren följer inte andras råd och fruktar inte Guds bud. För honom är allt rikedom, material, ränta. Men det är inte allt livet handlar om. Livet är ett överflöd av upplevelser och förtrollningar med vår personliga resa. Och detta leder till att vi växer och bosätter oss djupt i den innersta delen av vårt väsen.

Dåren vill inte se hur vackert livet skulle vara med en egen mening. Erkännandet av Gud i hans liv, fördjupningen av tron, lagen om ett gott liv, egenkärlek, gnistan av gudomligt ljus, skulle förändra hans berättelse till det bättre. Och vem vill inte se bra ut?

Och vem vill inte ändra sin historia? Det är bara de som är fattiga i anden som inte uppskattar Guds djupa kärlek.

Jag ber att dåren ska vakna upp från sin tragedi och börja värdera det som verkligen är värt besväret. Må han i varje skapat ting se Skaparens rättvisa, kärlek, frid, förståelse och kärleksfulla godhet. Han väntar på oss i varje ögonblick av vårt uppvaknande. Han vill älska oss, vara en sann far, kärleksfull, förstående och stödjande. Må Gud föra erfarenhetens ljus in i många människors liv.

Vi måste uppleva vår historia som den är

Jag blev trakasserad som barn och det var något som präglade mig mycket. Det var ett trauma som jag bar på under lång tid, som fick mig att reflektera, som fick mig att känna mig så skör och förorättad. Vilket ansvar har Gud i detta? Nej. Gud har gett världen till människorna på ett sådant sätt att vi inte kan fly från dåliga erfarenheter, smärtor och ångest. Det är en del av vår personliga utveckling.

Jag tillbringade flera år med att lida av sexuella trauman, familjetrauman, att tillhöra en grupp, fördomar, att inte kunna passa in i världen. Det var då jag besteg det heliga berget. Jag gick för att leva en litterär karaktär som skulle starta min karriär, göra mig till en hjälte, få mig att resa i tid och rum, jag skulle vara en allvetande person, kapabel att utföra mirakel.

Jag blev siaren och skrev flera skönlitterära berättelser. Det fanns ett dussintal berättelser om stora äventyr, mystik, kärlek, romantik, kapitulation. Men efter det gick jag in i en ny fas. Jag blev självhjälpsförfattare. Jag såg att min roll som analytiker och rådgivare skulle vara bättre för min karriär eftersom jag hade egen erfarenhet av detta. Nu har jag totalt femtiofem böcker utgivna.

Jag hittade min berättelse i litteraturen. Jag hittade min passion, min kärlek och mitt yrke i ett. Jag är glad över att ha fortsatt min litterära karriär trots så många motgångar. Jag delar gärna med mig av mina tankar till människor. Litteratur är något jag vill göra resten av mitt liv, om Gud vill.

Livet är synonymt med osäkerhet

Vi har inget säkert i världen. Liv och osäkerhet är synonymt. Så varför vara rädd för något? Låt oss leva dag för dag, med arbete, kärlek, trygghet, fred och frihet. Om Gud är för oss, vem kan då vara emot oss? Så var inte rädda.

Att leva i osäkerhet ger oss mognad, tröst och vissheten om att vi kan ge något bättre till mundo.eu jag vet att jag kan förlora allt. Jag kommer bara inte att förlora tron på Gud någon gång i min historia. Jag ska leva mitt liv som ett exempel på att vår lycka är möjlig. Jag kallar mig själv en glad, utåtriktad person som är tillfreds med livet.

En framgångsrik modellkarriär

Intervjuaren frågar modellen Lizandra Lopes om hennes handlingar.

Intervjuare

Hur är det att posera för hundra tidningar på ett år?

Lizandra Lopes

Det var något överdrivet spännande i min modellkarriär. Jag tyckte att jag var bra för att behaga hundra olika redaktörer. Men jag måste vara ödmjuk och enkel i första hand.

Intervjuare

Du poserade naken för en herrtidning. Hur kändes det?

Lizandra Lopes

Jag gjorde det för pengarna. Men det var en dålig känsla av etiska skäl eftersom jag är en respektabel flicka.

Intervjuare

Hur är det med den sexuella upplevelsen i en pornografisk film?

Lizandra Lopes

Det höll på att avsluta min karriär, men jag kom över det och bearbetade skadorna. I dag är det bara ett sorgligt förflutet. Det är synd att många inte vet hur man skiljer dramaturgi från verkligheten.

Intervjuare

Sanning. Allt detta var ett pris du betalade för berömmelse. Men det fungerade. Idag är du en av de största konstnärliga referenserna i vårt land. Grattis.

Lizandra Lopes

Tack så mycket. Jag kommer att gå framåt med tro på Gud och allt kommer att ordna sig.

Intervjun var över och de gick båda för att ta hand om sina plikter.

Hennes karriär som entreprenör

Med pengarna hon tjänade som modell började Lizandra Lopes en karriär som affärskvinna. Eftersom hon ville arbeta med barn tog hon fram läromedel för skolor och hade sitt nätverk av barnbiografer. Satsningen var så framgångsrik att hon blev känd över hela världen.

Hon fullföljde sin dröm om att bli sångerska, lärare, domare och blev en flerfaldig kvinna. Han gifte sig och fick tre söner. Han kombinerade professionell framgång och kärleksframgång i ett singelliv. Hon är en legend inom den brasilianska kulturen, och vi är här för att hedra henne.

Gör din vardag till ett stort leende

Le alltid mot dig själv och andra. Hälsa på alla du möter, oavsett position. Var en enkel, hederlig och hjälpsam person. Genom att göra det får du viktiga vänskapsband som är effektiva i ditt liv.

Var alltid glad, även om utmaningarna är stora. Var alltid i fred, även om du är orolig för problem. Var större än allt och du kommer att känna dig lättad. Genom att göra det kommer du att få mer sinnesfrid i ditt liv.

Må rättvisan alltid segra

Må rättvisan alltid vara ditt sällskap och må du stå på de rättfärdigas sida. Om någon tar ifrån dig din rätt, skaffa en bra advokat. En bra advokat är din trogna följeslagare som hjälper dig i dina frågor. Så vårda dem eftersom de är sällsynta.

Kämpa inte för en orättfärdig sak. Låt inte pengar muta din ärlighet. Det är bättre att vara fattig, men att ha heder och värdighet. Med andra ord är ett bra namn värt mer än något annat. Var medveten om att allt har sin tid och skynda inte på saker och ting. Lycka till med dina krav.

Äktenskap och förlovning är ett allvarligt åtagande

Om du redan har lärt känna personen väl i dejting och du är säker på att han eller hon är rätt person för ditt liv, förlova dig och gift dig. Äktenskap och förlovning är bara för dem som vill ha seriöst engagemang. Om du inte är säker på kärleken, hoppa ut.

Äktenskap kan vara bra när två av er förstår och älskar varandra. Men det är så sällsynt nuförtiden. Själv har jag inte haft någon tur i kärlek och är fortfarande singel. Men jag säger inte att det inte finns kärlek. Kärlek finns i flera exempel som jag känner till.

Kärleken mellan par är det som får världen att utvecklas. Från ett par föds barn och så går världen vidare. Utan några fördomar är kärlek det som får världen att växa och utvecklas. Så om du vill lämna arvingar, gift dig.

För att få kvinnor behöver du pengar

Ingen relation konsolideras med vinden. Du måste ha ett jobb, ett hus, en känslomässig struktur. Om killen du är i ett förhållande med inte erbjuder något av det, då är det ett hopplöst fall. Så för att bli intressant för kvinnor måste mannen ha något att erbjuda.

Klaga inte över att du inte har kvinnor. Bygg upp din rikedom först och sedan kommer kvinnor att regna in i ditt liv. Ingen vill ha ett förhållande med en trasig man. Så följ den logiken och var otroligt glad.

Var inte ledsen för att du inte har vänner

Riktiga vänner är ganska sällsynta. Det finns gott om falska vänner. Att inte ha vänner betyder inte att du är oförmögen. Det betyder bara att du är mer selektiv med vänskap. Var vän med någon som tänker som du, med någon som har något med dig att göra, som är med dig i tuffa tider.

Min vän är Gud, min familj och mina släktingar. Utanför familjeaxeln har jag ingen kontakt med någon. Hur mycket jag än vill ha någon form av kontakt har jag inte lyckats i mina ansträngningar. Så jag blir defensiv och fortsätter på min ensamma väg. Jag hoppas fortfarande på vänskapens och kärlekens mirakel.

Varför vill ingen dejta mig?

Jo, jag är fattig, jag badar inte mycket, jag är homosexuell, jag är ful och jag är blyg. Det får mer än nittionio procent av alla människor att avfärda mig. Vad folk vill ha i ett förhållande är att ha fördelar. Så de kommer att välja de rika, de raka, de vackra, de smarta. Så är det alltid.

Jag gav upp kärleken för länge sedan. Men jag hoppas att du hittar din partner för livet. Det är fantastiskt att ha någon för de goda och tuffa tiderna i livet. Att vara ensam är synd. Ensamhet förstör vem som helst, men tyvärr är det inte ett val.

Vi har alla en liten bit av den Gud som skapade oss

Gud är närvarande i alla goda människor. Så de välgörenhetsgärningar vi ofta gör är inspirerade av Gud. Gud kommunicerar med skapelsen genom sin godhet och rättvisa.

Jag tror att Guds finger är närvarande i min bana: från början till slut. Det känns som om han valde mig för det här vackra uppdraget att vara en författare som publiceras på flera språk. Så för detta uppdrag fortsätter jag att överföra vad jag tänker till mänskligheten och med det är jag oerhört lycklig.

Det känns som om jag är en del av Guds stora plan för mänskligheten. Även om jag är en anonym skribent har jag min plats i världen. Jag är en del av alla de människors liv som läser mina skrifter och det är en stor bedrift. Tack för den fångenskapen i ditt hjärta.

Saker och ting förändras mellan vänner

Allt förändras i världen, även vänskap. Plötsligt, utan någon som helst anledning, kan en vänskap ta slut. Och du bör ta det för givet och gå vidare på jakt efter nya vänner.

I varje ögonblick av ditt liv kan du ha olika vänner. Det som finns kvar hos dig är Gud, din familj eller din livskamrat. Resten är flyktigt i ditt liv. Så att acceptera att saker och ting förändras är otroligt klokt.

Det som är bra med förändring är att du ändrar din rutin. Du åker på resor, du åker till olika platser, du dejtar, du arbetar och du får inspiration till din konst. Allt detta hjälper dig att övervinna rutinen och leva en ny historia. Förlora aldrig den essensen.

Håll dig borta från gifta män

Varje kvinna med självrespekt bryr sig inte ett dugg om en gift man eller söker en konversation med honom. Det är en hederssak att ta avstånd från dem som är engagerade och på så sätt undvika framtida problem. Det du inte vill att de ska göra mot dig, gör du inte mot andra.

Jag hade många vänskapsband med gifta människor. Men efter att kvinnorna var avundsjuka på mig upphörde samtalen. Så jag tog avstånd från alla gifta människor som en form av respekt. Idag lever jag i min ensamhet och i min självkärlek som aldrig förr.

Respekt är nyckeln till att bevara äktenskap. Kärleken mellan två människor är så vacker att den alltid bör odlas. Det är framtiden för kommande generationer. Må vi bli bättre och bättre och med mer kärlek.

Vi är inte centrum för uppmärksamheten i andra människors universum

Andra människor har andra prioriteringar än du. Så det är ganska vanligt, i våra relationer, att bli behandlad med likgiltighet. Men det vi inte kan tillåta är att vi själva inte prioriterar våra drömmar.

Var ditt universums centrum. Oavsett om du är gift eller singel är det du som kommer att sätta dig först. Så förvänta dig inte det av den andre. Var huvudrollsinnehavaren i ditt livs teater, var en ledare för dig själv och revolutionera ditt liv genom att tro mer på dig själv och på en ny berättelse.

Du kan, bör och förtjänar att vara lycklig i första hand. Låt oss skrida till verket. Sätt dig själv på planen för att göra om ditt liv. Din speciella smärta definierar inte dig. Det är bara en dålig fas. Den goda fasen kommer och ditt liv kommer att förvandlas. Tro på din intuition och gör ditt arbete med glädje. Arbetet kommer att ge dig de bästa sakerna och blommorna för din vår. Det är fantastiskt att ha dig.

Att ha ekonomiskt oberoende är särskilt viktigt i dessa dagar

Pengar köper inte allt. Men pengar är av grundläggande betydelse för vårt ekonomiska oberoende. Med pengar är vi garanterade vårt oberoende. Vi kan köpa och ha vad vi vill inom material området. Detta är särskilt viktigt. Med pengar kan vi få det liv som vi alltid har drömt om.

Jag har aldrig varit rik, men jag jobbar för att betala mina räkningar och köpa det jag gillar. Att arbeta och generera pengar är bränslet som försörjer hela min familj. Så jag är otroligt tacksam för mina två jobb som jag utvecklar. Utan arbete skulle jag befinna mig i en knepig situation.

Lika mycket som arbete inte är något du tycker om, är det något som är nödvändigt för att överleva. Världen försörjer sig själv med pengar och alla måste vara en del av denna utrustning, vare sig de vill det eller inte. Så arbeta för pengar, men förslava inte dig själv för pengar. Ha Gud först, familj, kärlek, livsglädje i varje dag i ditt liv. Du är speciell på ditt eget sätt.

Äktenskapet är mer än bara sexuell njutning

Varje äktenskap svalnar med tiden. Så när den sexuella lusten tar slut finns vänskap, kärlek, respekt och omtanke kvar. Det är detta som kommer att upprätthålla förhållandet för resten av ditt liv. Naturligtvis, när du är ung, är det också viktigt att ha sexuell njutning. Men det är inte allt.

Att ha ett lyckligt äktenskap är drömmen för många. Men kanske har saker och ting förändrats lite. Frågor som trohet, monogam kärlek, äktenskap för livet, har förändrats dramatiskt. Det är den moderna tiden som ger oss olika och ovanliga situationer.

Att vara lycklig i ett äktenskap kan vara en stor utmaning för många människor. Men det kan vara befriande att leva i ett förhållande där man är älskad, uppskattad och önskad. Värdera var och en av dina personliga prestationer, eftersom de visar lite av vem du är.

Människor förändras bara när de vill

Ja. Människor förändras vid sällsynta tillfällen. Men det kan inte påtvingas. Människor förändras bara när de vill. Så gå inte in i ett förhållande och försök att förändra någon. Det är bortkastad tid.

Jag är en privatperson. Jag lever på mina sysslor hemma. Så jag skulle vilja hitta någon sådan. Jag tänker inte försöka förändra någon som är annorlunda än jag. Det är inte rättvist mot mig eller mot den andre.

Människor närmar sig varandra på grund av likheterna. Motsättningar driver bort oss. Du behöver alltså inte ändra på någon för att vara lycklig. Vi måste hitta någon som är som vi. Detta är förvånansvärt enkelt.

Jag har uppstått i de svåraste tiderna

Mitt liv var inte alls lätt. Det fanns en tid då jag hade svårigheter när jag var arbetslös. Jag fick inte ett fast jobb förrän jag var tjugofem. Efter det slutade jag aldrig. Jag har redan avslutat femton års arbete.

Visst var den mörka perioden av arbetslöshet den värsta i mitt liv. Ingen brydde sig om mig. Men jag kämpade tappert för mig själv. Med min mammas ekonomiska stöd studerade jag, gick ut college och fick tre jobb. Jag är anställd vid det nationella socialförsäkringsinstitutet i Brasilien. Mitt sociala arbete är min stolthet och mitt arbete inom litteraturen är min terapi. Det är genom skrivandet som jag driver ut mina spöken. Det ena kompletterar det andra.

Jag fick en stor gudomlig välsignelse. Allt var enligt Guds vilja. Jag är så tacksam för mitt liv och de goda händelser som har ägt rum i det. Allt detta visade mig hur mycket Gud älskar mig och värdesätter mitt liv. Den tron jag bär med mig är det som gör hela skillnaden. Tro förvandlar våra relationer och får oss att tro på bättre dagar. Tack, Gud.

Är kärleken bara värd det om den är besvarad?

Kärlek är bara värd besväret om den är besvarad. Föreställ dig att du slösar bort tid av ditt liv på att bara tycka om andra och inte bli besvarad. Du kommer att ha en rad trauman som kan leda till sorg, depression och olycka. Nej, du förtjänar inte att vara ledsen.

Om kärleken inte är besvarad är det inte värt att investera tid i. Det är bäst att fokusera på att älska Gud, älska djur, älska din familj och älska dig själv. Tro mig, resultatet av din kärlek kommer att få dig att ha bra stunder med den du älskar.

Må er kärlek vara varaktig och spännande. Men om du måste vara ensam, använd det effektivt. Ibland gör ensamhet ont, men den lär oss också. Må denna gudomliga visdom fylla era gärningar och låta solskenets ljus lysa över er.

Sök vishet

Sök visdom när du söker efter en dyrbar skatt. Visheten kommer att få dig att stå bland de stora med en förnuftig hållning. Den som har vishet skäms ingenstans. Sök råd från de visa och inrikta ditt liv därefter.

En människas visdom är som en krans, det är en mycket väldoftande och värdig sak. Jag attraheras av den intelligenta människan. Det är mycket bättre att gifta sig med en intelligent man än att gifta sig med en rik man. Hans visdom kommer att röra vid ditt hjärta och leda ditt liv på bästa möjliga sätt.

Att vara vis är att veta hur man lyssnar, att förlåta, att förstå den andres sida. Att vara vis är att vara tolerant, att hjälpa andra, att respektera och älska sina medmänniskor. Att vara vis är bättre än att vara rik. Vår stora rikedom är den visdom vi har fått. Det är något som ingen kan ta ifrån dig.

Visdom

Visdom är den viktigaste gudomliga gåvan, det är ljuset som lyser upp förståelsens mörker, det är vägvisaren som leder till en väg full av prestationer. Utan den är vi ingenting, en tomhet inför livets storhet.

Genom den formades och modifierades universum. Kung Salomo ville ha den, och genom den fick den många goda ting. Det är början, mitten och slutet.

"Sök vishet, be om vishet, ty utan den byggs ingenting, ingenting går framåt."

Hur bra det känns att nå känslomässig mognad

Den kloke gamle mannen som har fyllt sextio år har mycket att berätta för oss. Han är en person som har gått igenom mycket och som har lärt sig hemligheten med emotionell mognad från livet. Det finns inget annat sätt att vara vis än att leva varje smärta vi måste gå igenom i livet. Det kunde inte vara på något annat sätt.

De som har uppnått hög ålder vet väl vad de tycker om och vad de ska göra från och med nu. Deras mål är tydliga. Vi slösar inte längre tid med obesvarad kärlek, falska illusioner, besvikelser och omöjliga drömmar. Vi blir mer rationella och mer praktiska med åldern.

Så slösa inte mer tid. I mogen ålder har vi inte ens så mycket tid. Sprid ditt motto om kärlek, hopp, rättvisa och jämlikhet. Hjälp dem som behöver det och hjälp dig själv också. Älska dig själv först, men sätt dig själv i den andra personens skor. Kärlek som en gåva, inte som en skyldighet. Var rättvis, omtänksam och kärleksfull mot människor. Behandla alla väl och förtjäna den uppmärksamhet de behöver. Gör en god gärning varje dag.

Välsignad är den person som är herre över sig själv

Jag är herre över dig själv. Det betyder att jag är en tämjare av mina känslor. Detta är särskilt viktigt. Detta uppnås efter djup erfarenhet och reflektion som tar flera år. Hur kan man vara okej med sig själv?

Som herre över sig själv kan jag uppleva den speciella illusionen av att bli accepterad av sig själv. Ja, jag är trött på att bli förnekad av andra. När jag accepterade mig själv, genom en terapeutisk och helande process, expanderade jag till en värld som knappt brydde sig om mig. Men jag vände mig till mig själv och älskade mig själv som aldrig förr.

Det var mer än tiotusen avslag som formade min befrielse. Jag är fri från livets besvikelser och sorger. Även om jag fortfarande kan lida, är jag beredd på att få andra upplevelser. Jag är lycklig i mitt privatliv, och det kan ingen ta ifrån mig, tack och lov.

Är det möjligt för ett internetförhållande att fungera?

Ja, det finns flera möjliga exempel. Underbara berättelser som värmer våra entusiastiska hjärtan. Men som i alla situationer måste vi vara försiktiga. Vi måste vara försiktiga så att vi inte ger pengar till internetbedragare som hittar på en falsk historia som älskar oss och vill hitta oss.

Det finns ett steg mellan rätt och falskt. Du måste ta reda på dessa tecken. Ge under inga omständigheter pengar till främlingar. Om han vill hitta dig, låt honom spendera sina egna pengar. Först då kommer han att visa den sanna kärleken han har för dig.

En examen hjälper dig att hitta ett jobb

Att ha en doktorsexamen, en magisterexamen, en specialisering, en högskola eller en teknisk kurs kommer att hjälpa dig mycket att hitta ett jobb. I kombination med din kompetens kommer dessa examina att öppna dörrar för dig på arbetsmarknaden.

Jag har matematik som huvudämne. Jag slutade år 2013. Men jag klarade en annan tentamen inom ett annat område. Jag har varit tekniker på Statens socialförsäkringsinstitut sedan 2013. Jag är stolt över att vara en del av denna institution och att veta att mitt arbete hjälper så många människor.

På författarsidan är jag en publicerad författare på trettiosex språk. Jag är stolt över att kunna säga att mina skrifter har hjälpt många människor att hitta den rätta utvecklingsvägen mot faderns hus. Jag är övertygad om att jag vill ha det här jobbet hela livet.

Att ha en examen är inte ett intyg om intelligens

Många framgångsrika människor har inte ens gått på college. Kompetens och intelligens är mer än bara ett diplom. Ha bara rätt säljteknik och ingen brist på utbildning kommer att hindra din framgång.

Jag känner människor som bara har gått ut gymnasiet, som Brasiliens nuvarande president, som är fantastiska människor i den politiska världen och affärsvärlden. Att vara framgångsrik professionellt går utöver en examen. Det mäts i talang, kompetens, entreprenörskap, vilja att vinna.

Nu, om du vill ha en framgångsrik karriär som anställd, är en examen avgörande. Ju mer kvalifikation, desto bättre. En extra examen ger dig förtur att ta ditt drömjobb. Det är därför det verkligen är värt att studera.

Är jag dum för att jag inte går på college?

Absolut inte. Du är en mycket kapabel person. Att inte gå på college var bara ett val av dig eller en fråga om möjlighet. Det finns jobb för den som inte har högskoleexamen. Detta är inte världens undergång.

Det finns jobb inom byggbranschen, på kontoret, inom jordbruket, som inte kräver högre utbildning. Det finns jobb för alla smaker. Men var medveten om att de som inte har en högskoleexamen får enklare, lägre betalda jobb.

Det finns många chanser att studera nuförtiden. Ge dig själv den chansen. College är en underbar period av studier och vänskap. Utnyttja denna tid som går mycket snabbt på ett effektivt sätt.

Att vara snäll mot djur är ett tecken på karaktär

Jag har sex katter och två hundar, och jag behandlar dem mycket väl. Jag har en kärlek till djur, och de återgäldar det. Är det samma sak med människor? Generellt sett kan du inte det. Många människor är otacksamma och minns inte vem som hjälpte dem i nöd.

Jag tycker inte om människor som är elaka mot djur. För mig är det karaktär. Jag vill ha distans till människor som behandlar djur illa. Kärleken till djur är något anmärkningsvärt hos mig. Jag ser att detta är särskilt viktigt för min andliga utveckling.

Hur hanterar man en sentimental kris?

Gör något du tycker om. Resa, grilla hemma, laga god mat. Skriv en bok, se en film på bio eller ha en kväll med älskog. Du kommer att se att den dåliga fasen går över och allt stabiliseras.

För att vara mästare över våra känslor måste vi vara förberedda känslomässigt och psykologiskt. Genom att känna till våra mål och drömmar har vi en väg att gå som kan vara njutbar och omedelbar.

Vi är människor med olika känslor och känslor. Hur kan man kontrollera denna impuls att leva? Inre reflektion hjälper oss att förstå världen i en mer lämplig dimension. Vi behöver se vad som behagar oss mest för att få en korrekt förståelse av livet. Vi vet att det är värt att leva, men vi måste vara lika försiktiga så att vi inte blir sårade. Lev livet.

Vår förlåtelse har en gräns

Det finns ingen anledning att förlåta en person om och om igen och denne fortsätter att såra oss. Vad ska jag göra? Förlåt och gå därifrån för att undvika upprepning. För att du ska må bra, håll dig borta från det som stör dig och nära kärleken.

Förlåtelse är befriande. Det är särskilt bra för oss. Men för mycket är dumhet. Vi måste lära oss att sätta gränser för andra för att undvika irritation. Var särskilt uppmärksam på ditt förstånd.

Ta hand om din hälsa först. Ta hand om dig själv noggrant. Du är din första kärlek, och ingen kommer att älska dig som du älskar dig själv. Så var din egen prioritet. Njut av livet med din självkärlek som dikterar spelets regler.

Jag glömmer de sorgliga sakerna och kommer ihåg de bra sakerna för att stärka mitt psyke

Jag upplevde intensiva problem i skolan, på jobbet och i min familj. Det var mycket smärtsamt att behöva gå igenom så många personliga tragedier, att behöva leva med smärta och trauma och att övervinna allt detta. Då var jag tvungen att glömma allt som sårade mig, och då mår jag bättre.

Jag tycker om att minnas de goda tiderna. Jag tycker om att minnas de vackra handlingar som berörde och förhäxade mitt hjärta. Jag tycker om att minnas mina personliga prestationer som gjorde mig lycklig för några ögonblick.

Vi måste vara en förvaringsplats för bra saker som gör oss gott. Vi måste ha konsten att tömma med oss. För att leva bra måste vi glömma det dåliga och leva varje bra ögonblick vi har kvar.

Ha kärlek i rätt dos

För att ett förhållande ska fungera måste vi göra oss själva nödvändiga men inte oersättliga. Så det är bra att ta ett steg åt sidan ibland. Men också, när hon behöver det, vara vid hennes sida, för att möta en tung stång. Många kvinnor behöver kamratlig kärlek.

Kärlek i rätt dos är ett funktionellt verktyg i relationer som fungerar. Det är att älska gränslöst, men också att lämna det fria. Det är att älska utan begränsningar, men också att låta leva. Lev ett bra liv och utan större bekymmer.

När vi lär oss att älska varandra öppnar vi dörren till en värld av glädjeämnen. När vi lär oss att respektera varandra bygger vi en vackrare värld full av färg. När vi älskar fred med varandra får vi en värld utan krig och med mer rättvisa, jämlikhet och glädje. Så gör gott för varandra just nu.

Tro och hopp

Dessa är viktiga dygder för att hålla liv i chansen att vinna och utvecklas, för att förverkliga drömmar. Varje projekt representerar till en början bara en önskan, ett mål som ska uppnås. Nästa steg är att kämpa för att uppnå det. I det här ögonblicket får man inte ge upp inför stötestenar och hinder utan börja om med mod och hopp.

Hoppet är en frisk fläkt för anden, det är längtan efter ödets hjälp, det samlar styrka. Inte passivt hopp, utan en ökning av handling, samarbete och organisering. När du når det här stadiet måste du ha tro. Tro på att allt är möjligt, ha tillit. Tro är den egenskap som skiljer vinnaren från förloraren, den troende från den icke-troende, den troende från den icke-troende, dåren från den dåraktige, den rättfärdige från den orättfärdige.

Att ha tillit är att se framtiden i nuet, det är att känna en verklighet som är osynlig för andra, det är att acceptera och delta i skaparens projekt. Tron öppnar dörrarna till helande (av kropp och själ), skakar om och avlägsnar otrons grundvalar, befriar anden (från ondskefullt förtryck och negativa tankeströmmar).

Därför kompletterar tro och hopp varandra och bildar inom oss en kraft som förvandlar våra liv och vår relation med Gud.

Hur man skapar fred

Du vill ha frid, men du sluter inte fred med dig själv, med din familj eller med din nästa. Det första steget mot världsfred är att bygga upp din inre frid, att förstå meningen med livet med dialog, att veta hur man förstår den andres sida, att ha empati, att älska sin nästa som sig själv, för utan kärlek byggs ingenting. Hur som helst, ha en aktiv lösning på dina problem.

Jag börjar fred genom att respektera grannens åsikt, låta honom vara som han vill, ha sin sexualitet, sitt politiska val, sin religion och sina val utan att påverka mig. När vi bygger en mänskligare värld har vi goda framtidsutsikter för alla.

Må vi bygga denna efterlängtade fred med rättvisa, kärlek och social jämlikhet. Må de rika ha medlidande med de fattiga och må de bygga en mer generös, barmhärtig och human värld. Må vi få den drömda freden med ekonomisk och social tillväxt så att det finns välstånd till ett överkomligt pris för alla.

Bli älskad och älska

Var närvarande i din partners dagliga liv. Låt honom hjälpa dig med saker i huset. Genom att göra detta känner sig din partner användbar och älskad för att han hjälper dig. Kom nära din partner, gör det och ge tillgivenhet. När vi har en bra kontakt med vår partner känner vi att de är nära varandra även om de är fysiskt distanserade.

Älska och bli älskad i varje ögonblick ni är tillsammans. Dela med dig av dina smärtor, din oro, dina rädslor och låt dig tröstas av din partner. Dela med dig av goda stunder, till exempel personliga prestationer, att gå till köpcentret, att gå till stranden, att resa. Gör allt du kan för att delta väl i din partners liv. Låt dig själv känna dig behövd med det.

Kärlek är ett vackert utbyte mellan två personer. Det är bortom känslan, det är en gudomlig energi som skapar saker. Denna gudomliga energi leder oss till att ha stora förnimmelser, vilket kommer att ge mening åt våra liv. Älska alltid, utan förbehåll. Det är den vackraste känslan som finns.

Kärlek är inte anpassning, det är val

Om du måste förändras, låt det förändras för dig själv och till det bättre. Ändra dig inte för att behaga den andre. När vi väljer att älska någon älskar vi för deras personlighet, deras sätt, för det är något som behagar oss. Må kärleken vara ditt val idag och alltid på jakt efter en bättre framtid med den älskade.

När jag älskade var jag så fokuserad på min passion att jag inte ens brydde mig om vilka mina älskare var. Jag har inte gjort den här kvalitetsanalysen som ibland är så nödvändig för att vi inte ska lura oss själva. Så gör denna rationella analys så snart som möjligt för att undvika att snubbla i förhållandet.

När jag älskade, gav jag mig själv till passionen absurt och det var mitt stora misstag. Passion är aldrig en bra rådgivare. Försök att följa din intuition, tänk rationellt och se om kärlek till den här personen är bra för dig.

Var okej med dig själv att fortsätta din relation med någon annan. Om det fungerar är det bra. Men om något inte fungerar bra, gör prioriteringar så att du kan gå vidare på rätt spår. Allt i sin plats är särskilt viktigt för en kärleksrelation.

Att ha ett dåligt förflutet är inte synonymt med en framtid

Vi har alla ett förflutet. Det finns människor som har ett så oroligt förflutet att de inte ens vill minnas det. När det förflutna är dåligt, kräver det av oss en korrigering för framtiden. Och ja, vi har alla rätt till en fruktbar framtid med de människor vi älskar.

För att skapa en bra framtid är det nödvändigt att analysera vad som gick fel i det förflutna och först därefter göra nödvändiga korrigeringar. Lev i nuet, men med din fot i framtiden så att det blir en framtid rik på välstånd och prestationer.

Jag var en stor syndare i det förflutna. Jag var grabben som gillade att visa rumpan för andra. Jag gjorde det i min ungdoms oskuldsfullhet, i min ungdoms vigör. Detta visar hur bristfälliga vi kan vara mot oss själva och andra. När jag omvände mig från det här livet kunde jag få ett förvandlat liv kopplat till min religion, gott uppförande och en ny världsbild. Vakna upp till liv. Vi kan förändra vårt öde i detta ögonblick med nya attityder mot andra. Var alltid snäll.

Hur man inte är otrogen mot sin fru

Ha karaktär, vänd dig bort från frestelser. Möt frestelser. Visa din kärlek till din fru genom att vara pålitlig. Men tror du att det finns något sådant som en trogen man? Jag tror inte på det. Alla fuskar, även mentalt. Varje människa har begär i andra människor. Det ligger i människans natur.

Det är därför män är så otrogna. De vill bara ha ett bra tillfälle att fuska. Män är naturliga rovdjur på homosexuella kvinnor och män. Det är därför de är till för. Och så fortsätter parningsmusiken att spelas för alla.

Gift dig med den ideala mannen som respekterar dig. Gift dig med din bästa vän. Gift dig med din bästa kompis. Gift dig med din bästa förtrogna. Gift dig med den du älskar. Och älskar mycket, utan förbehåll.

Är det en bra belöning att födas rik?

Visst är det en stor fördel att ha mycket pengar från det att du föddes. Med mer pengar oroar vi oss inte för de dagliga problemen. När ditt bankkonto är fyllt, varför oroa dig så mycket?

Nu måste de som föddes in i fattigdom kämpa hårt från tidig ålder. Du måste studera hårt, klara offentliga prov, åta dig, veta hur du säljer din konst. Hur som helst, vi måste göra allt för att få pengar eftersom vi desperat behöver den vidriga metallen för att handla, ha hälsa, utbildning, resa.

Att födas rik är ett större ansvar. Vi måste hjälpa människor i nöd med våra pengar. För om vi gör det, kommer vi att bli välsignade med himlens belöningar. Och att komma in i himlen är ett stort pris för ett hårt liv. Vi kommer att samlas med de utvalda i en fantastisk atmosfär av gemenskap, mångfald och glädje. Länge leve kärleken på jorden och i himlen.

Hur man lever med en adopterad dotter

Att ha en adopterad dotter är en välsignelse. Även om du har biologiska barn, se till att ge uppmärksamhet och kärlek till dina adopterade döttrar. Kärleken måste vara jämlik, utan åtskillnad. När vi är adopterade och får denna kärlek från våra föräldrar känner vi oss lyckliga och uppfyllda för livet.

Låt inte andra lägga sig i dina barns utbildning. Må era barn följa ert exempel på ärlighet och mod att följa detta öde att vara goda människor i samhället. Det är särskilt bra när barn och föräldrar tillsammans har detta öde av ömsesidigt och fullständigt arbete till förmån för samhället.

Må vår familj alltid vara vår grund i allt vi gör. Må vår familj veta hur de ska förstå och förstå våra behov. Må vi vara ett, men med fokus på det kollektiva. Må vi göra våra föräldrar stolta över vårt arbete och vår kärlek till andra. Må vi alltid ha bättre dagar.

Öva på tystnadens konst

Om det inte hjälper, håll tyst. Om du vill kritisera, håll tyst. Om du ska döma, håll tyst. Om det kommer att göra ont, håll tyst. Håll tyst när du behöver så att du inte skadar din granne. Om du inte kan hjälpa till, var tyst.

Människor är autonoma och gör sina egna val. Så låt dem gå vidare. Om de gör fel är det en del av det. Kom ihåg att vi alla gör misstag. Du behöver inte ta en person i handen, lämna dem fria att falla så många gånger som behövs.

Med våra egna beslut mognar vi i livet på ett sådant sätt att vi blir mästare över våra val. Vi kommer att ha genomlevt bra och sorgliga saker, men vi har haft vår frihet. Frihet är vår största gåva. Så låt det vara fritt.

Frihet

Det är den grundläggande förutsättningen för varje levande varelses liv. Det handlar om att delta, interagera, drömma och uppnå. Det är att välja, delta och älska. Att vara fri är att vara lycklig.

Jag ska berätta en historia om någon som upptäckte frihetens grundläggande villkor: Det var en gång en fågel som hade varit instängd i en bur i ungefär två månader och det var bara sorg (Förkrympt och ödslig sjöng inte längre och hans ögon hade inte längre någon glans).

Han kände sig ensam och missmodig att leva. Varje dag mindes han den tid då han var fri: de fantastiska och akrobatiska flygningarna han övade på, trädtopparna där han åt bär, den blå himlen där han flirtade med en fågel, floden där han badade, kort sagt, smaken av att vara fri.

Men en dag hände något ovanligt: De tog en annan av hans bröder och satte honom bredvid honom. Den senare började dock, så snart han kom in i fångenskapen, att krascha mot gallret och lyckades med så mycket envishet fly. När han såg detta vaknade han och när han försökte gå därifrån insåg han att gallret som höll honom var tillräckligt brett för att han skulle kunna passera. Faktum är att det som höll honom fången inte var gallret i sig, utan hans feghet och konformism inför den orättvisa som han var ett offer för.

När han kom ut ur buren lärde han sig att för att bli fri är det nödvändigt att slåss och fungera som den andra fågeln gjorde.

Detta är en viktig moralisk läxa för oss människor: Hur många gånger har vi inte blivit fängslade i våra egna rädslor och gett upp kampen för våra rättigheter? Jahve Gud söker krigarmänniskan, den som inte underkastar sig någon och som är medveten om sina möjligheter, rättigheter och plikter. Ge inte upp ens när du står inför en stor utmaning. Visa problemet hur stor din Gud är, så kommer han att hjälpa dig, för det finns inget omöjligt med Jehova. Ha mer tro, bröder.

Våldtäkt av familjemedlemmar

Jag blev våldtagen i en familj när jag var fem år gammal. Min traumatiska historia liknar den för många kvinnor som våldtogs som barn. Det påverkar våra liv så mycket att vi alltid påminns om skurkens smärta och förakt.

Låt oss inte hänge oss åt promiskuitet på grund av andras misstag. Vi kan studsa tillbaka och gå tillbaka till att vara barn med övervunna hinder. Men det är ingen lätt uppgift. Det kan ta många år innan vi återhämtar oss från trauman som detta.

Ta hand om dina barn. Hindra honom från att vara i närheten av främlingar eller till och med misstänkta familjemedlemmar. Att ta hand om våra barn borde vara föräldrarnas främsta uppgift i den farliga värld vi lever i. Var den store frälsaren för dina barn genom att tala och varna dem för de faror som finns.

Bairds berättelse

Bairds barndom

Jane

Jag är stolt över att kunna rapportera att idag är din första dag i skolan, min son. Vid fem års ålder har du redan mognaden att lära dig och utmärka dig.

Baird

Vad ska jag lära mig i skolan, mamma?

Jane

Teknisk kunskap för livet. Skolan är ditt andra hem och din andra plats för lärande. Vi har lärt dig mycket, eller hur?

Baird

Jag lärde mig att vara ett snällt barn. Jag lärde mig att vara ärlig, rakryggad och snäll mot människor. Nu vill jag gå vidare och bli en bättre människa.

Jane

I skolan kommer du att ha människor som stöder dig och människor som vill förstöra dig. Håll dig lugn och fortsätt, min son. Jag ber att ni ska komma överens.

Baird

Tack, min mamma. Min känsla för skolan är att den ska vara en konstruktiv plats för mig. Jag vill göra min tur och rösta för ett deltagande och bättre land. Jag vill med min utbildning visa att det går att förändra världen med små gester och attityder. Jag vill visa vilken duktig pojke jag är. Jag vill visa den artist jag är, förtrolla med min musik, sprida konst, läsa och kanske till och med älska. Jag har rockmusik i mina ådror.

Jane

Det är jag säker på, min son. Må utbildning vara ett pass till goda minnen och större sociala framsteg. Jag önskar er lycka till.

Baird

Tack, min mamma. Jag kommer att följa ditt råd.

Pojken följer med sin mamma till busstationen där han hämtar transporten. Det skulle bli hennes första dag i skolan och ett stort steg mot hennes personliga utveckling.

Det första musikbandet

Som tonåring spelade den unge mannen på barer på nätterna och kom i kontakt med andra musikproffs. När han gick på college satte han ihop bandsensationen som blev en hit i USA. När han var tvungen att välja en väg valde han musiken och började få en enorm framgång med att göra shower över hela landet.

En kort tid på bio

Med sina framgångar inom musiken medverkade Baird i två filmer: Korsvägen och Pånyttfödd. Han hade inte den notoriska framgången, så han återvände till scenen för att befästa sina framgångar inom musiken. Det var ännu en tid av musikaliska storheter som kungen av rock.

Han har också varit producent för några filmer och dokumentärer om sitt band, som är en världssuccé. Han fick erkännande på Trottoar av berömmelse och politiskt erkännande för sitt arbete.

Avkomma

Baird har haft ett hektiskt liv i romantiska relationer. Som rockstjärna hade han förhållanden med åtta fruar och tio barn, sex barnbarn och tre barnbarnsbarn. Han har nu blivit en äldre man med en lysande karriär inom världsmusiken.

Ansträngningen för att lyckas i förhållandet måste komma från er båda

När den ena partnern anstränger sig mer än den andra för att få förhållandet att fungera orsakar det en obalans. Båda måste sträva efter att skörda tillräckliga frukter. Äktenskapet går bara framåt när de två älskar varandra med samma intensitet.

Det är kärleken som kommer samman i paret som ger resultat. Kärlek, när den delas, blir fullständig. Kärlek är det som berör oss och förvandlar liv. All kärlek är värd att leva.

När jag säger att kärleken förvandlar oss, speglar vi påvens, Jesu själv, våra föräldrars exempel och lyckliga äktenskap. Kärlek är något som är värt att leva. Därför är jag en beundrare av kärleken även om jag aldrig har levt den effektivt.

Kärlek

Kärlek är det renaste ljuset, lyckans vingar, själarnas fulla uppfyllelse. Det är mötet mellan krafter, det sublima, den skapande principen. Att älska är att låta sig ryckas med av den andre, att lita på och inte tvivla, att kämpa och inte fly, att dela med sig och inte stjäla, att vaka och inte slumra till, det är att leva och drömma.

Allt som existerar kommer från kärlek och utan den är ingenting meningsfullt: av kärlek skapade Gud världen och varelserna, av kärlek upprätthålls livet, av kärlek lät Kristus sig korsfästas, av kärlek längtar alla, av kärlek söker vi meningen med livet, av kärlek föds vi, leva och dö. Den finns i poeters och älskandes munnar, i en omfamning, i en gest av tillgivenhet, i entusiastiska hjärtans slag, i ett vänligt ord, i råd, i en mors knä.

Levande kärlek är det kortaste sättet att förstå Guds hjärta: Sann kärlek är den som inte har några gränser, de som vet det är kapabla att ge sina liv för den andre. Kärleken är starkare än allt annat: hat, förbittring, avundsjuka, likgiltighet, själens kyla. Med kärlek är vi allt, utan kärlek är vi ingenting.

Män och kvinnor måste ha lika värde i ett förhållande

Ingen kvinnlig underkastelse i ett förhållande. Män och kvinnor måste ha samma rättigheter och skyldigheter i ett förhållande. För att detta ska fungera, lägg till kärlek, respekt, förståelse, förståelse.

Män och kvinnor måste arbeta utomhus och hemma. Lämna inte ansvaret till kvinnan. Alla måste vara känslomässigt och ekonomiskt ansvariga inför varandra. Lämna inte över ditt ansvar till andra. Ta ansvar för dig själv.

För att ett förhållande ska fungera effektivt krävs det enighet i ett förhållande. Med den perfekta kombinationen kan vi visualisera en vacker kärlek mellan två personer, oavsett om de är av samma kön eller inte. Varje form av kärlek är giltig.

Vi är ansvariga för vårt öde

Skyll inte på andra för ditt misslyckande. Det är inte en härskare, det är inte din far, det är inte din fru, det är inte din vän, som måste agera för dig. Din framgång ligger i dina händer, i dina handlingar, i din planering.

När vi vet att vi är ansvariga för vårt öde kan vi vara mer bestämda i våra val. Vi kan planera bättre för vår framtid. Vi kan ta fler risker och rädda våra gamla drömmar. Vi kan vara aktiva agenter på jakt efter framgång.

Din trofé kommer att vara din seger vid Guds fastställda tid. Ingenting är dock gratis. Det är din personliga kamp som visar hur mycket du är kapabel att ta emot detta stora pris. Fatta mod, för du är en mycket välsignad person och predisponerad för framgång.

Hector Tavares liv

Studerar vid Juridiska fakulteten i Recife

Lärare

Hur ser du på ditt yrke som jurist och hur bidrar du till samhället?

Hector Tavares

Jag ser rättvisa som ett sätt att hjälpa människor att få sina rättigheter tillgodosedda. Jag ser så många förtryckta människor, jag vill hjälpa dem.

Lärare

Tror du som jurist att det kommer att bli svårt för dig att stå upp mot så många orättvisor?

Hector Tavares

Det kommer att bli en stor utmaning för mig att samarbeta för att minska fattigdom, hunger och fördomar. Jag kommer att vara stolt över att se dem le inför så många tragedier.

Lärare

Så, är gruppen av exkluderade personer din målgrupp?

Hector Tavares

Inte bara dem, utan alla som behöver hjälp.

Lärare

Må du ha lycka till på din resa som advokat. Jag ser i dig någon med stor potential att växa och expandera. Sätt i gång.

De två hälsar på varandra och firar att de har tagit sin juristexamen. Det var det första steget i en märklig historia.

Jobba som journalist

Chefredaktör

Hector, idag ska du göra ett reportage om de människor som är utan vatten i Pina-kvarteret. Vad tycker du om det för att komma överens?

Hector Tavares

Jag funderar på att intervjua tre personer med olika livssituationer. Var och en av dem kommer att berätta för mig vad det stora problemet vi står inför är och hur vi ska lösa det.

Chefredaktör

Perfekt. Gå och gör det direkt.

Hector tar farväl av sin chef, lämnar rummet, lämnar byggnaden och går till parkeringen. Ta ett djupt andetag, sätt dig i bilen och starta den. Han börjar gå på gatorna i Recife, som är mycket trafikerade.

Han går på rätt väg och har en tanke om att göra ett utmärkt jobb när han kommer fram till Pina-kvarteret. Det var en trevlig, glädjefylld, rolig men stressig väg. Jag ville komma till min destination direkt.

Lite senare kommer han äntligen. Snart närmar han sig en populär person.

Hector

Hur är bristen på vatten här i Pina-kvarteret?

Gildecia

Det är ganska hemskt. Vi är i trubbel, min kära. Vatten är viktigt i allas våra liv och bristen på vatten straffar oss. Hur kan denna situation förbättras?

Hector

Kontakta renhållningsföretagets myndigheter. De kommer att ge dig feedback. Jag kommer själv att hjälpa dem genom att skicka denna intervju till pressen, så att det blir allmän uppståndelse.

Gildecia

Tack så mycket, kära du. Gud återgälda dig.

Intervjun är över och han tar sig tillbaka. Han bidrog gärna med sin kunskap om ett problem. Det var en lärlingsutbildning som han skulle ta med sig in i sitt liv som advokat. Nästa dag skulle detta ha en lösning.

Flytta till Rio de Janeiro

Hector var redan utbildad jurist och flyttade till Rio de Janeiro för att arbeta. Han arbetade som åklagare och domare. Han var också professor i juridik. Han har blivit enig i den juridiska världen som en stor karaktär, en stor yrkesman och en berömd författare. Han var en stor brasiliansk författare och hade varit en del av den brasilianska litteraturakademin. Han lämnade efter sig ett arv av juridiska och litterära verk.

Hur många människor föredrar bröllop utan kvalitet framför att vara singlar

Många människor vill hellre ha ett giftigt äktenskap än att behöva vara ensamma. Ensamheten förföljer dem så mycket att de fångar den första som dyker upp. Är de lyckliga? Nej, men den har säkerhet. De har tryggheten hos ett företag som hjälper dem i svåra stunder. Men hur är det med släktingar? Släktingar bryr sig inte om oss.

Jag tror att det är bra att bilda familj även om det inte är en perfekt familj. Bättre att vara med någon än att vara helt ensam. Att vara ensam är otroligt sorgligt. Om vi blir sjuka, vem ska då rädda oss? Vem ska vi vända oss till i ensamhet? Så det finns många frågor som konsumerar oss och varnar oss för farorna.

Tror du att din partner behagar dig för att han eller hon älskar dig?

Ja, om han älskar dig kommer han att föreslå att han skämmer bort dig så mycket som möjligt. När kärleken överskrider våra hjärtan omfamnar den oss och visar oss de bästa sakerna i världen. I synnerhet är det underbart att göra resor med dem du älskar.

Låt din partner visa dig de bästa sakerna. Behaga honom också. Gör en speciell måltid, ge den en doft, gå till stranden, till köpcentret. Gör de goda tiderna till de bästa tiderna. Och så, när ni är gamla, kommer ni att minnas de goda tiderna tillsammans.

Så här trivs du i företagsmiljöer

Gör ditt jobb bra. Var snäll, varm, pedagogisk och hjälpsam. Snälla cheferna, var deras följeslagare hela tiden. När du minst anar det kommer du snart att få ditt arbete erkänt och bli befordrat.

Stå inte upp mot din chef. Tvärtom, var hans vän. Stå inte upp mot dina kollegor, förstå dem. Men var inte heller vän med dem som inte värdesätter dig. Var vän med rätt personer. Din stora lycka är Gud, din egenkärlek, din familj och dina vänner.

Att hitta en själsfrände är en fråga om tur och möjligheter

Att hitta en själsfrände i en kaotisk värld vi lever i har blivit ett komplicerat, om inte nästan omöjligt, äventyr. Människor har brister, brister som inte gör oss kompletta. Så vi lägger till besvikelser en efter en, och vi nöjer oss inte med ensamhet.

Ibland hittar vi aldrig en själsfrände och vi måste bara nöja oss med vänner. Att ha en vän vid vår sida kan vara vägen ut ur vårt känslomässiga hål. Men gör det om du fortfarande drömmer om din själsfrände, det kan fortfarande hända.

Vi kan hitta vår själsfrände på stranden, på jobbet, på en resa, på gården, i köpcentret eller någon annanstans. Det kanske aldrig händer i ditt liv. Om du vill ha råd måste du vänja dig vid verkligheten. Så håll fast vid en äkta kärlek och inte en egen fantasi.

Vad är meningen med livet?

Meningen med livet är det uppdrag du omfamnar i livet. När vi identifierar oss med något och ägnar oss åt det. Jag är överhuvud för en familj med fyra bröder. Jag har mitt statliga jobb och min litteratur. Det är dessa två saker som håller oss vid liv.

Jag lämnar knappt huset. Arbeta i fjärrläge. Mitt liv handlar om arbete och att ta hand om mina bröder och systrar. Det är mitt uppdrag, eller vad jag tror att det är. Är jag nöjd med mitt uppdrag? Det är jag, men jag ville ha något mer. Jag ville ha min ekonomiska frihet. Jag ville ha min personliga frihet. Jag ville ha en följeslagare. Men livet verkar kallt och grumligt för mig. Ingenting har varit helt enkelt.

Att vandra denna långa väg i livet är en stor utmaning för mig. Men jag kommer på mig själv med att hoppas att jag en dag kommer att vara okej, fridfull och med förnyad styrka. Jag vet inte exakt vart ödet tar mig, jag vet bara att jag kommer att kapitulera för strömmen som flyter framför mig.

Varför kan det vara ett utmärkt val att bo ensam?

Att bo ensam kräver mindre ansvar, mindre pengar, mindre uppmärksamhet. Att bo ensam är mindre oroande eller stressande. Att bo ensam kanske inte är ett val, men det kan vara ett intressant alternativ.

Jag lever ensam för att jag inte har hittat personen i mitt liv. Det gjordes många försök att hitta den, utan framgång. Så jag accepterade att det var mitt öde att leva ensam. Att ha ödet att vara ensam är sorgligt, oavsett hur mycket vi älskar oss själva.

Min barndomsdröm var att ha en kärlek, någon att dela goda stunder med. Men det har hittills inte varit möjligt. Det är lite sorgligt, men jag måste komma över det. Jag måste leva för mig själv, min största rikedom. Och så ska jag se till att jag är okej med mig själv.

Varför skulle inte fysisk skönhet komma först?

För det som räknas hos en person är karaktär, ärlighet och generositet. Fysisk skönhet går över en dag och bara du är kvar. Erövra därför den andre med sympati, kärlek, omsorg, glädje, lycka.

Jag är ful, fattig och homosexuell. Folk bryr sig helt enkelt inte om mig. Så utseendet spelar verkligen roll i samhället. Men skönhet för Gud är skönheten i vår själ, i våra attityder och ord.

Varför gör det ont att vara ful?

Att vara ful gör ont på grund av andra människors förakt. Det är sorgligt att förstå att om vi är fula så är det ingen som bryr sig om oss. Det är en sorglig verklighet som vi måste konfrontera. Du måste bara acceptera det och leva efter bästa förmåga.

Jag har blivit avvisad många gånger och jag har övervunnit varenda en av dem. Jag kan leva utan kärlek. Jag kan leva med min självkärlek, även om det kostar mig mycket. Men det skulle vara trevligt att ha en kärlek. Synd att detta inte har varit möjligt förrän nu. Vem vet, kanske kan det hända i framtiden.

Ha medlidande med de människor som lider

Trösta de betryckta. Hjälp dem i nöd som behöver hjälp. Hjälp välgörenhetsorganisationer som stöder de underprivilegierade. Det är bra att engagera sig i socialt arbete. Med din attityd kan du förändra ett liv.

Människor som lider behöver vårt stöd. Människor som lider behöver vår förståelse. Människor som lider måste förtjäna sina priser med arbete och ansträngning. Slutligen behöver vi ett mer inkluderande samhälle.

Var lycklig när du kan och när du kan

Att vara lycklig är ett flyktigt ögonblick för de flesta av oss. De flesta av oss blir involverade i problem, räkningar, kvinnor, svek, inre problem, att vi knappt har tid att andas. Lycka är alltså bara korta stunder i livet för oss stackars dödliga.

Ingen är helt nöjd. Men det finns människor som har sådan otur att de inte alls är lyckliga. Det är därför så många lider av depression och sorg. Trots att de lider söker människor inte medicinsk hjälp och situationen blir bara värre. Vi behöver psykologer för att vägleda oss på den bästa vägen.

Så det är bra för oss att använda lyckan på ett effektivt sätt medan den varar. Det är bra att vi skördar frukterna av vårt arbete och våra prestationer, för vi förtjänar det. Gå vidare i jakten på dina drömmar och tro på dem. Du måste vara den första personen som tror på dina projekt.

Det finns människor som är blyga

Människor är blyga av naturen. Jag var extremt blyg för att presentera arbete i skolan. Och det var något jag övervann. Samma sak sa jag om partners för en kort tid sedan. Vi är rädda och skäms för våra egna kroppar. Men vi måste övervinna det för att hävda oss själva som person.

Att bli av med blygheten är en process som tar lång tid. Ibland flera år. Så det är något vi måste ha tålamod med. Men det är något vi kommer över någon gång. Så ta god tid på dig. Den dagen kommer när du kommer att ha din frihet i full motivation.

Vi är varelser utrustade med fri vilja

Andar manipulerar oss inte. Vi är herrar över vår historia, över vår fria vilja. Så gör inte dig själv till offer för det du gör. Tvärtom erkänner han sitt misstag och försöker bättra sig. När vi antar att vi har gjort misstag är vi ett steg mot att korrigera och utvecklas.

Vi lever i en värld av försoning och prövning, så allt vi lever i är till för vår personliga uppbyggelse. Vi lär oss mycket av erfarenheter, på gott och ont. Så tillväxt gör oss till stora fjärilar, anmärkningsvärda exempel för hela samhället. Bli vad du alltid har drömt om.

Denna koppling vi känner till det mystiska är obestridlig

Se hur små vi är: vi är mindre än en myra framför universum. Universum består av stjärnor, planeter, galaxer. Och vi är bara små varelser från tredje världen. Varelser som är intelligenta men oförmögna att skapa liv eller ens förutsäga dess framtid. Vi är små, men många är fyllda av stolthet och utvecklas inte.

Jag föredrar att tro att allt är vettigt under solen. Jag föredrar att tro att ödet får oss att vara lyckliga. Jag föredrar att tro på Gud även när jag står inför så många tvivel. Det räcker med att känna att det finns något större inom oss, vilket är anden själv. Så det är värt det när själen andas sin grundläggande frihet.

Finns änglar och demoner?

Kanske. Men vi kommer aldrig att få bevisen. Vad vi vet är att det finns onda och goda varelser, precis som det finns på jorden. Det är upp till var och en av oss, genom våra val, att stå vid vår sida. Jag tycker om det goda, jag tycker om Jesus, jag tycker om Maria, jag tycker om att vara till nytta. Jag tror att jag är på rätt väg.

Försök att fokusera på dig. Försök att fokusera på dina mål. Försök att prioritera dig själv. Skyll inte på andra för dina misstag. Älska Gud och dig själv främst. Gör misstag men rätta till dem. Gör det rätt men förbättra. Allt är giltigt i inlärningsprocessen.

Din värsta fiende är du själv. Befria dig från din inre rädsla, frukta bara Gud. Han är den enda som verkligen kan straffa dig hårt. Gud är rättvis men också barmhärtig. Så tro på den stora universella kärleken och var lycklig.

Lagar måste skydda de underprivilegierade

Lagarna måste skydda kvinnor, svarta, transsexuella, homosexuella, föräldralösa, änkor, tiggare, gatubarn. Lagarna måste skydda de mindre lyckligt lottade eftersom samhället självt redan massakrerar dem och det är så fruktansvärt.

Men lagen är inte alltid tydlig på den punkten. Ibland likställs det med det ojämlika, och det är orättvist. På egen hand måste vi söka det som är rätt. Vi måste se till vårt bästa, för om vi inte gör det kommer ingen att göra det åt oss.

Må vi alla söka rättvisa om våra rättigheter inte tillgodoses. Må vi alla gå till myndigheterna för att söka våra rättigheter. Må vi alla släckas med vår törst efter rättvisa. Jag önskar ett bättre, mer dynamiskt och rättvisare Brasilien för alla.

Jag har gett upp tanken på att gifta mig

Jag gav upp tanken på att gifta mig eftersom ingen ville ha mig. Det finns ingen anledning att romantisera självkärlek och säga att det var ett val, för det var det inte. Så jag bor med mina syskon, som är min stora familj.

Mina bröder är min grund. Med deras hjälp har jag ett bra liv. Jag är verkligen olycklig i kärlek, men jag känner mig fylld av den helige Andes nåd. Gud och min familj är verkligen mitt allt.

Min uppgift på jorden är att hjälpa mina bröder och systrar i deras uppgifter. Var och en av oss är lycklig i vår egen särart. Vi vet att vi inte har allt, men vi är nöjda med det vi har. Vi är tacksamma för regnet, solskenet och alla Guds välsignelser. Låt oss fortsätta på denna underbara väg som är livets väg.

Jag är nära att cementera en relation. Vad ska jag göra?

Agera ansvarsfullt. Låt inte din fru eller dina barn missa något. Med utmanande arbete, studier och engagemang kommer du att bli en bra förälder. Det spelar ingen roll hur mycket de dömer dig, håll fast vid Guds hand och var ståndaktig. Vi måste ha ett starkt sinne för att kunna övervinna alla våra problem.

Gå vidare i ett förhållande om du är säker på den kärlek du känner. Kärlek är det som verkligen bygger något för oss själva och för andra. Ett förhållande utan kärlek fungerar inte. Så ta en ordentlig titt på fallet och se om det är värt det.

Du behöver inte kontrollera dina döttrar

Lämna dina döttrar fria att dejta. Men ge dem tillräckligt med utbildning för att veta hur man förebygger sjukdom eller olycka. Kunskap är vårt vapen för många saker. Med kunskap kan vi avancera mycket i vårt livsprojekt.

Vi måste tro på att våra barn är kapabla att fatta sina egna beslut och ta en riktning i livet. Genom att sätta dem i rampljuset känner vi att det är dags för dem att erövra världen. När allt kommer omkring uppfostrar vi barn för världen.

Misstag och framgångar, segrar och nederlag är en del av allas liv. Så låt dem uppleva det fritt. Det är en del av deras egen inre mognad och självförtroende. Följ ditt öde i frid och lycka till.

Misstaget att sparka ut hbtq-personer ur huset

Många människor blir utvisade från sina hem när de går in i ett homosexuellt förhållande. Okunnighet härskar i detta land som dödar flest hbtq-personer i världen. Vad ska man göra? Informationskampanjer är viktiga. Men utbildning av föräldrar och barn måste prioriteras. Föräldrar, gör inte misstaget att sparka ut era barn ur huset.

Vi måste förstå och stödja homosexuella barn. Vi måste acceptera och älska våra barn som de är, oavsett deras sexuella läggning. Därför att vårt blod är heligt, och det är de som älskar oss till fullo. Värdesätt Gud och familjen först och främst.

Ansvaret för våra val leder oss in på inte så trevliga vägar

Är du i ett olyckligt förhållande och har du dragit in en person i det? Känner du dig skyldig? Det är alltid dags för en förändring. Det är inte hälsosamt att stanna i ett förhållande som du inte gillar. Packa personens väskor, ge dem ekonomisk kompensation och gå vidare till en annan.

Vi kan vara lyckliga i andra relationer. Det finns åtta miljarder människor i världen och säkert kommer en av dem att älska dig mer än de flesta. Det finns ingen ursäkt för att inte älska och bli älskad. Kärlek är det som styr oss, dominerar oss och förvandlar oss.

Var kan jag hitta män för seriösa relationer?

På fester, på jobbet, i köpcentret, på stranden, på resor, i snabbköpet, på fotbollsmatcher. Gå fram till mannen och visa ditt intresse. Visa dina ädla egenskaper och handlingar. Är effektiva.

Innan du letar efter någon för ett meningsfullt förhållande, var redo för det. Visa dina mål från första stund och se om de är ömsesidiga. Skapa inte heller för många förväntningar, annars kommer du att få sladd.

Håll din hälsa uppdaterad. Förlåt, men var inte dåraktig. Människan måste respektera oss. Respektera dig själv, älska dig själv och visa din potential för världen. Göm inte ett tänt ljus under sängen. Låt den upplysa alla.

Är det sant att män är mer feminina nuförtiden?

Ja. I vissa fall, ja. Vi ser att män är mer humaniserade. De är artigare, snällare och mindre våldsamma. Vi möter en ny generation med mindre fördomar, mer arbetsvärderingar och mer socialitet. Allt detta är frukten av vår uppfostran.

Att vara feminin är en trend bland män, även bland heterosexuella. I och med internets explosion har hatretorik och sexism bland vissa män minskat. Vi accepterar denna nya typ av människa utan att döma. Det är bra, jag respekterar det. Jag föredrar dock den gammaldags, manlige, dominerande mannen.

Männen jag blev kär i var riktiga män. Det var män som jag beundrade oerhört mycket, berörde mig och kände mig väl till mods. Jag spelade verkligen rollen som det feminina medan den andra var maskulin. Den feminina delen av mig har alltid funnits sedan jag föddes. Så jag uteställde henne ett tag från min egen personlighet. När jag blev äldre insåg jag att jag inte behöver bära munskydd. Jag måste vara mig själv, med alla mina ursprungliga egenskaper. Så jag ändrade min berättelse utifrån min egen övertygelse. Idag är jag en person som är helt uppkopplad till världens verklighet.

Svek är en handling av feghet

Var trogen, ärlig och svik inte dem som litade på dig, i eller utanför relationen. Att vara god mot andra är ett tecken på utveckling och karaktär. Så tänk på dig själv, men sätt dig också in i den andra personens situation. Gör inte mot den andre det du fruktar mest.

Stå bredvid betrodda personer. Stå vid din familjs och din Guds sida. De överger dig aldrig. Resten, var uppmärksam på det när du kan. Många människor agerar bara av egenintresse. De kommer bara till dig när de behöver något och lämnar dig sedan åt ditt öde.

Älska dig själv som aldrig förr

Älska dig själv som aldrig förr. Du är den första personen som måste älska dig själv. När vi älskar oss själva vet vi vår potential, vår talang och vad vi gillar. Vi börjar leva livet bättre och har lyckodagar i sträck.

Förvänta dig mindre av andra. Du kommer att få färre besvikelser på detta sätt. Ingen älskar dig som Gud eller din mor. Det är ingen idé att du letar efter det. De andra kärlekarna är rena illusioner, ett spel med intressen.

Som ung flicka älskade jag det. Det var en lärorik upplevelse. Men kanske hade jag lidit mindre utan kärleken. Men skulle jag vara lika mogen som jag är idag? Du skulle inte vara förberedd, eller hur? Så besvikelserna var ett hårt pris att betala. Men jag övervann rädslan, skammen och de yrkesmässiga problemen. Numera är jag en förvandlad och lycklig person.

Ta omsorgsfull hand om dina barn

Utbilda och älska dina barn. Föregå med gott exempel som en kärleksfull och hängiven far så att de kan bära denna bestående reflektion till liv. Ge dem ett bra studium. Möjliggör en hälsosam barndom utan ansvar. Uppmuntra dem att vara agenter för det goda, i alla situationer.

Visa dem den ljusa sidan av livet och låt dem tro på en bättre framtid, byggd av deras egna händer. Barnet är mänsklighetens framtid. Må vi få fler barn som är lyckligare att njuta av en hälsosam barndom och må vi få unga människor stimulerade att skapa en bättre framtid.

Skulle du gifta dig med en kvinna som har barn?

Varför inte gifta sig med en kvinna som har barn? Att ha barn hindrar henne inte från att fullborda ett förhållande med dig och till och med skaffa fler barn. Att få barn är synonymt med mognad och detta bör bidra till relationer. Vissa mäns fördomar förkastar dock kvinnor med barn. Eftersom mannen är den som försörjer hemmet är de rädda för att ta ansvar för barnen och i Brasilien är detta en verklig risk.

Ja, jag skulle gifta mig med en kvinna som har barn om jag var heterosexuell. Det skulle räcka för att jag skulle tycka om den riktiga kvinnan. Ingenting är ett hinder när du absolut älskar. Kärlek bygger den sanna relationen som är fastare än en sten.

Må vi ha ökade relationer utan fördomar. Må fler människor hitta den kärlek de har väntat på. Må det ekonomiska intresset i allt högre grad minska och det personliga intresset öka. Må vi ha ett liv fyllt av kärlek, frid, överflöd, hälsa och Gud.

Ingen älskar oss som Gud

Jag är ganska säker på att mina syskon inte känner en total kärlek till mig på grund av vissa av deras attityder. Jag reflekterar och ser, att inte ens min mors kärlek kan mäta sig med Guds kärlek till mig. Jag förstår Gud som den högsta energin som koordinerar universum. Jag känner den energin hela tiden med mig.

Gud har aldrig övergivit mig. I alla mina bekymmer och bedrövelser har Guds hjälpande hand varit med mig hela tiden. Jag har inte saknat någonting under hela min existens på jorden. Jag har alltid känt gudomligt stöd med mig och genom människorna själva har han hjälpt mig att bli en bättre och mer förberedd person. Gud har alltid varit min kärlek.

Så det är klart att min familj älskar mig, men Guds kärlek övertrumfar allt. Så det här borde hända alla jag känner också. Förlåt mig om du inte tror på Gud, men du går miste om mycket. Varför tror jag på Gud? För livet är ett mirakel i sig, helt underbart. Mirakler existerar inte av en slump. Det finns en större kraft som äger mirakel. Det var samma kraft som botade de krymplingar, fick de blinda att se och besegrade döden. Så vad krävs för att du ska tro?

Lycka är stunder

När var jag lycklig? När jag föddes, när jag träffade min mamma och mina syskon, när jag studerade, när jag spelade, när jag gick ut college, när jag tog en examen i statsförvaltning, när jag arbetade, när jag skrev.

Jag var lycklig när jag älskade, men jag var också olycklig när jag blev avvisad. Jag pendlade mellan himmel och, mellan sorg och glädje, mellan depression och frid. Men jag gav aldrig upp. Jag har alltid trott på min stridskraft, även om utmaningarna var stora. Jag är en evig krigare.

Lycka är stunder som går fort. Ingen är helt lycklig hela tiden, vilket är omöjligt i den värld vi lever i. För oss räcker det med att vara lycklig i små och stora stunder. Njut av ögonblicken som om de vore dina sista. Vi går alla mot slutet, mot den sista dagen av vår existens. Tills dess, njut av det mycket.

Min framtid

Vad kan jag säga om Aldivan Teixeira Tôrres, en populär Guds son som förväntar sig ett mirakel i mig? Jag ser allt ditt slit, allt ditt lidande och all din förväntan dag efter dag och jag lovar dig en strålande framtid eftersom du tror att du är värdig. Du kanske frågar dig själv: Vad menar du, vilken framtid? Jag säger er, ser ni stjärnorna på himlen? Om du kan räkna antalet av dem, så kommer detta att vara storleken på din framgång, för med ödmjukhet och arbete har du gett mig dina förhoppningar, och jag kommer inte att göra dig besviken. Jag kommer att öka dina gåvor, lysa upp dina stigar, skydda dig från allt ont och låta dig uppnå fullständig lycka eftersom du är min sanna son och förtrogna. Jag älskar dig! "Jahves ord

Sist

Printed by BoD™ in Norderstedt, Germany